願の糸

立場茶屋おりき

今井絵美子

時代小説文庫

角川春樹事務所

目次

願《ねがい》の糸

六月晦日《みそか》の夏越祓《なごしばらえ》を過ぎると、翌七月一日から家々の軒下に白張提灯《しらはりぢょうちん》や灯籠《とうろう》といった盆提灯が吊《つる》され、町中を芋殻《いもがら》売りや七夕《たなばた》の笹竹《ささだけ》売り、短冊《たんざく》売りが呼び声も高く流し歩く。

ここ立場《たてば》茶屋《ぢゃや》おりきの子供部屋でも、まだ七夕には三日もあるというのに、高城《たかぎ》貞《さだ》乃《の》を囲み、子供たちが拙《つたな》い文字で短冊に各々《おのおの》の願い事を認《したた》めていた。

「勇《ゆう》ちゃん、見せて！　なんて書いたの？」

おいねが勇次《ゆうじ》の短冊を覗《のぞ》き込もうとする。

勇次は慌てて両腕で短冊を抱え込んだ。

「なんだよ、隠すことないじゃないか！」

「そうだよ！　みずきだって、今年はちゃんと書けたんだからさ。勇ちゃん、みずきよりおにいちゃんだというのに狡《ずる》い！」

みずきまでが尻馬《しりうま》に乗り、たった今書き上げたばかりの短冊を、誇らしげに高々と掲《かか》げて見せる。

みずきの短冊には、蚯蚓《みみず》ののたくったような拙い文字で、てならいがうまくなりますように　みずき、とあった。

「でもさ、これで終わりじゃないよ。みずき、もっと一杯書くんだもん！　ねっ、貞乃先生、沢山書いてもいいんだよね？」

卓也《たくや》の手習に朱筆《しゅひつ》を入れていた貞乃が顔を上げ、ええ、構わないことよ、と微笑《ほほえ》む。

「ほら、だから、見せてごらんよ、勇ちゃん！　みずきちゃんだって見せたし、あたしのも見せてあげるからさ」

無理矢理、おいねが勇次の腕から短冊を抜き取ろうとする。

「嫌《いや》だ。見せねえ……」

勇次は顔を真っ赤にして抵抗し、片腕でおいねを突き飛ばすと、短冊を丸めて口の中に放り込んだ。

あっと、おいねもみずきも、鳩《はと》が豆鉄砲《まめでっぽう》を食ったような顔をする。

「ああァ、食べちゃった……」

「先生、勇ちゃんが短冊を食べちゃったよ！」

おいねの金切り声に、それまで成り行きを瞠《みつ》めていたおせんが、怯《おび》えたようにべそをかく。

「あらあら、困ったこと……。さっ、勇ちゃん、お口の中の短冊を出しましょうね。羊さんじゃないのだから、紙は食べないのよ」

貞乃が寄って行き、勇次に短冊を吐き出すように言う。

勇次は素直に吐き出したが、短冊は見る影もない。

しかも、口の端《はし》から黒い墨汁《ぼくじゅう》が滴《したた》り、まるで、お歯黒《はぐろ》を塗《ぬ》ったかのようである。

「井戸端で口を漱《すす》いでいらっしゃい」

貞乃に言われ、勇次は潮垂《しおた》れて子供部屋を出て行った。

「ねっ、勇ちゃんのお口、真っ黒だったよね？」

「変なの！　短冊を食べちゃうなんて……。あたし、何を書いたのか見せてって言っただけなんだよ。秘密にすることなんてないのにさ！」

「きっと、あたしたちに知られたくないことを書いたんだよ！」

おいねとみずきが額を寄せて、耳へ口（耳打ち）……。

すると、卓也がきっと鋭い目を二人に投げかけた。

「置きャあがれ！　それ以上、勇次のことを茶にしやがったら、このおいらが許さねえからよ！　勇次はよォ、何を書いたのか知られたくなかったんじゃねえ！　書こうにも、あいつ、字が書けねえんだよ！」

貞乃が驚いたように、卓也を見る。

「まあ、そうだったの？　だったら、正直に言ってくれればよかったのに……。わたくし、てっきり、平仮名くらいは書けると思っていたものだから……。それは悪いことをしてしまいましたね。勇ちゃんに謝らなければならないわ」

「先生が謝るこたァねえ。だって、先生から文字は書けるかと訊《たず》ねられたとき、あいつ、書ける、と頷《うなず》いたんだから……。おいら、あいつが手習塾に行くと親に嘘《うそ》を吐《つ》いて、近所の餓鬼《がき》を集めてはお山の大将を気取ってたのを知ってたから、えっ、あいつ、いつの間に文字が書けるようになったんだろうと思ったんだけど、やっぱ、見栄《みえ》を張ってたんだ……」

卓也が気を兼ねたように、上目に貞乃を見る。

「そうでしたか……。あなたたちは今日初めてここに来たというのに、いきなり、七夕の短冊を書けと言われたのですものね。恐らく、それで文字が書けないと言い出しにくかったのでしょうよ。けれども、そうと解《わか》ったら、あの子には、まず、手習のいろはから教えなくてはなりませんね。それで、おせんちゃんはどうかしら？　平仮名は書けるかしら？」

おせんは涙で濡《ぬ》れた目を掌《てのひら》で擦《こす》ると、こくりと頷いた。

おせんの目の下に、黒い筋が出来る。

おいねとみずきがぷっと噴《ふ》き出した。

「あらまっ、おせんちゃんまで、井戸端に用が出来たようですね。さあ、顔を洗っていらっしゃい！　そうして、気分を新《あら》たに、また、短冊を書きましょうね」

貞乃がそう言い、手拭《てぬぐい》を手渡す。

「さあ、他の子供たちは短冊を仕上げましょう。心を込めて、丁寧《ていねい》に書くのですよ。せっかく書いても、二星《ふたぼし》さまが読めないような字では、願いが届きませんからね」

貞乃がその場の雰囲気を変えようと、パァンパァンと手を打ち、再び、子供たちが筆に手を伸ばす。

今日から立場茶屋おりきの子供部屋に新たに加わった、卓也、勇次、おせんの三人は、先日の地震で親兄弟を失った孤児《みなしご》である。

此度《こたび》の地震では、猟師町《りょうしまち》や北馬場町《きたばばちょう》に全半壊した家屋《かおく》や裏店《うらだな》が多く、殊《こと》に、火の手の上がった猟師町では死傷者が数多く見られ、卓也たち三人も、火災や家屋の倒壊《とうかい》により肉親を失った子供たちであった。

南本宿《みなみほんじゅく》の内藤素庵《ないとうそあん》の診療所にも、怪我人《けがにん》が次々に運び込まれた。

貞乃は担《かつ》ぎ込まれたときにはまだ息のあった患者が、手当の甲斐《かい》もなく次々に息を引き取り、遺体に取り縋《すが》り泣きじゃくる家族の姿を目の当《ま》たりにして、心を痛めた。子を失った親もいれば、双親《ふたおや》や兄弟を失い、独《ひと》りぼっちになってしまった子供も……。

卓也たち三人は、その中にいたのである。

卓也は十四歳……。

海とんぼ（漁師）の父親が漁を終え、陸《おか》に上がって家族と中食《ちゆうじき》の膳《ぜん》を囲んだばかりのとき、地震が起きた。

陸に上がるのがもう少し遅いか、陸に上がっても、いつものように仲間と表通りで一杯引っかけていたら難を逃《のが》れたかもしれないが、どういう風の吹き回しか、その日は珍しく父親が家族と中食をともにし、一家全員、瓦礫《がれき》の下に埋《う》まってしまったのである。

が、卓也だけ、自力で瓦礫を搔《か》き分け、外に這《は》い出した。

「おとっつァん！　おっかさァん！　早苗《さなえ》ェ！」

卓也は懸命《けんめい》に瓦礫を搔き分け、家族を助け出そうとした。

が、隣の部屋から出た火の手が風に煽《あお》られ、ぐいぐいと迫ってくる。

「危《あぶ》ねえ！　坊主、そこから離れるんだ」

誰かが卓也の肩をぐいと摑《つか》んだ。

「嫌だ！　おとっつァんやおっかさんが中にいるんだ。助けなくっちゃ！」

「莫迦《ばか》なことを！　ここにいたら、おめえまで火の手に呑《の》まれちまう。いいから、逃げるんだ！」

「嫌だ！」

卓也は抗《あらが》ったが、次の瞬間、誰だか判《わか》らない男の腕にひょいと抱かれていた。

その後、卓也の父親は自力でなんとか瓦礫の下から這い出したが、全身に大火傷《おおやけど》を負《お》い、診療所に担ぎ込まれた。

母親と妹は焼死体で発見されたという。

父親が診療所に運ばれたと聞いた卓也は、慌てて後から駆けつけたが、全身を包帯で巻かれ虫の息となった父親を見て、恐怖のあまり思わず失禁《しっきん》した。

そして、床に突っ伏すと、猛《たけ》り狂ったように泣き叫んだ。

「おとっつァん、ご免よ……。おとっつァんを助けられなかった。おっかさんや早苗も死なせちまった……。おいら、自分だけ助かりたかったわけじゃねえんだ。嫌だよ、死なねえでくれ！　おいら、独りぼっちなんて嫌だよォ！」

だが、卓也の父親には、既に答える力が残っていなかった。

微《かす》かに唇が動いたかに見えたのは、何か言いたかったのであろうが、その刹那《せつな》、精根尽き果てたかのように、絶命した。

今年八歳になるおせんは、北馬場町の裏店で母親と二人で暮らしていた。とめ婆《ばあ》さんと同じ裏店である。

おせんの母親は飯盛女《めしもりおんな》をしていたときに赤児《あかご》を孕《はら》み、年季明けが近かったこともあり、出産後、とめ婆さんの斡旋《あっせん》でおせんを里子に出した。

そうして、年季が明けるとおせんを引き取り、内職仕事や小料理屋の下働きをしながら、倹《つま》しいながらも、母娘《おやこ》二人の暮らしを始めたのである。

おせんは母親の腕に抱き締《し》められた恰好《かっこう》で、瓦礫の下から救い出された。

北馬場町では火の手が上がらなかったのが幸いしたのだが、おせんの身体《からだ》を庇《かば》うようにして被《かぶ》さった母親は、首の骨を折って即死だったという。

「菊香《きくか》という女《おな》ごは、骨の髄《ずい》までおっかさんだったんだよ……。菊水楼《きくすいろう》にいた頃、お腹《なか》に赤児《やや》が出来たが、どうしても産みたいと相談されてさ、あたしも同じ想《おも》いをしたことがあるもんだから、よし、委《まか》せときなって具合に、御亭《ごてい》との駆け引きから里親先まで何もかもを手配してやったんだが、菊水楼を退《ひ》いてからは、それこそ、あの女《ひと》、おせんを目の中に入れても痛くないほどに可愛《かわい》がってさ……。この娘《こ》のためなら、生命《いのち》を投げ出しても惜《お》しくないと言っていたが、ああ……、本当に、おせんを庇って、死んじまったんだね」

とめ婆さんは珍しくおいおいと声を上げて泣いた。

おせんは一見したところかすり傷程度で大した外傷はないように思えたが、臓器に異常がないかどうか診《み》てやってくれと、診療所に連れて来たのは、とめ婆さんだった。

そして、勇次……。

勇次は十歳、卓也と同じ裏店に住んでいた。

父親《てておや》が海とんぼというのも、母親と妹の四人家族というのも卓也と同じであったが、勇次は根っからのガキ大将で、親の目を盗んでは近所の子供たちを集め、お山の大将を決め込んでいた。

無論《むろん》、手習塾など通わない。

通う振りをして親から月並銭《つきなみせん》（月謝）をくすねては、駄菓子《だがし》やビー玉に替えてしまうのである。

地震のあった日も、月並銭をくすねたことが親に暴露《ばれ》てしまい、こっぴどく叱《しか》られ不貞腐《ふてくさ》れて海岸べりを彷徨《さまよ》っていた。

すると、海が不気味に唸《うな》り、ドォンと脚《あし》を掬《すく》われたかのように思った。

地震だ！

咄嗟《とっさ》に、勇次は地べたに這いつくばり、揺《ゆ》れが治《おさ》まるのを待った。

おとっつァん……、おっかさん……。

勇次の脳裡《のうり》を、父親や母親の顔が過《よ》ぎっていった。

帰《けえ》らねえと！

勇次は起き上がると、脱兎《だっと》のごとく、裏店に向けて駆け出した。

行く手に、火の海が見えた。

「おとっつァん……、おっかさァん……、あァん、あァん……、おっかさん……」

無事であってくれますように、おいら、いい子になるから……。もう、嘘は吐かねえ、手習塾にも行くし、二度と妹を苛《いじ》めたりしねえ……。

勇次は胸の内で呟《つぶや》きながら、夢中で駆けた。

ところが、目に入ったのは、辺り一面の火の海……。

勇次は茫然《ぼうぜん》と路次口《ろじぐち》に立ち尽くした。

貞乃が親兄弟を失った子を診療所で預かると言っていると聞き、身寄りを失った勇次を連れて来たのは、卓也であった。

そうして集まってきたのが、卓也、勇次、おせんと他に二人の兄弟……。

が、この兄弟は三日ほどいただけで、浅草馬道《あさくさうまみち》の親戚に引き取られていくことになり、結句、子供たちに急遽《きゅうきょ》明け渡されることになった素庵の書斎で、貞乃と三人の子供たちが寝起きするようになったのである。

貞乃からその話を聞いたおりきは、いっそ、立場茶屋おりきの子供部屋を、仮の養護施設にしてはどうだろうかと提案した。

「これまでも、いつか、子供部屋を本格的な手習塾にして、近所の子供たちに開放してはどうかと思っていましたが、此度のことで親を失った子供たちには、住まいだけでなく、面倒を見てやる人が必要となりますものね。現在《いま》は、夜分、地震で小屋を失った善助《ぜんすけ》が子供部屋を使っていますが、善助同様、地震で裏店を失ったとめさんのこともあります。とめさんのために新たに裏店を借りることも考えましたが、思い切って、小屋の跡地に二階家を建てようと思っていますの。少々の地震では崩れない、堅牢《けんろう》な普請《ふしん》の二階家をね……。そこに、善助やとめさん、それに、これまで茶屋の二階で辛抱《しんぼう》してもらっていた番頭さんたちにも入ってもらい、余裕《ゆとり》があるようなら、子供たちが使ってもよいのですものね」

「まあ、そうしていただけると、助かりますわ。いつまでも、子供たちが伯父《おじ》の書斎を占拠《せんきょ》していたのでは、急病人や入院患者があった場合に困りますもの……。あそこは、いつでも使える状態にしておかなければなりませんものね」

貞乃も安堵《あんど》したように言った。

「では、明日、子供たちを連れていらっしゃいまし。現在《いま》はまだ、夜分は善助と一緒ということになりますが、子供たちが来てくれると、善助も励みになるでしょうし、身寄りを失った子供たちも、心強いでしょうしね。貞乃さまはこれまで通り、素庵さまの元からお通いになれば宜《よろ》しいのよ。食事の仕度《したく》や子供たちの世話は、さつきや彦《ひこ》蕎麦《そば》の女衆《おなごし》たちで手分けしてやりますので、ご心配には及びません」

「おりきさまのお心遣い、痛み入ります。けれども、ここが本格的な養護施設となるのであれば、わたくし、いつまでも診療所の介護人と手習指南《てならいしなん》の二股《ふたまた》をかけていてはいけないと思いますの。これからは、いよいよ本腰を入れて、子供たちの母にならなくては……」

「貞乃さまはそれで宜しいのですか？　あなたさまには一人前の介護人になるという夢がおありになったのではありませんか」

「一時はそんなことも考えましたが、医術の知識がないわたくしに出来ることといえば、診療所のお端女《はしため》にでも出来ることくらいです。それに、伯父の傍《そば》には代脈《だいみゃく》（助手）や書生がいますからね。それより、身寄りを亡くした子供たちや、おきちさん、おいねちゃん、みずきちゃんといった将来《さき》のある子供たちを護《まも》り、指導していくことのほうがわたくしに与えられた使命……。大袈裟《おおげさ》ですが、神の啓示《けいじ》のようにも思えますの」

貞乃は決意の漲《みなぎ》った目で、おりきを瞠めた。

「そうですか……。解りました。貞乃さまのお心を知り、わたくしも協力を惜しまないつもりです。では、早速《さっそく》、高輪《たかなわ》の棟梁《とうりょう》に普請の相談をしてみましょうね。貞乃さまがこちらに移られるのはそれからということで、取り敢《あ》えず、子供たちだけでも寄越《よこ》して下さいませ」

「いえ……」

貞乃は口籠《くちご》もり、そっと、おりきを窺《うかが》った。

「あのう……、茶室なのですが、現在《いま》、どなたかが使っていらっしゃいます？」

「いえ、現在《いま》は誰も……」

「では、そこをわたくしに使わせていただけないでしょうか。極力《きょくりょく》、子供たちの傍についていてやりたいと思いますし、あそこなら、夜分でもちょくちょく子供たちの様子を見てやることが出来ます。本当は、わたくしも明日から子供部屋で寝起きしたいのですが、現在《いま》は善助さんが使っておいでになるとすれば、そうもいきません。いずれ、二階家が完成し、善助さんがそちらに移られた暁《あかつき》には、わたくしも子供部屋に移り、それこそ、寮母《りょうぼ》の役目を果たしとうございます」

貞乃がそこまで腹を括《くく》っていると知り、おりきの胸が一杯となる。

「貞乃さま、わたくし、嬉《うれ》しゅうございます。ええ、いいですわ。茶室をお使い下さいませ。そうだわ！　子供部屋が養護施設兼手習塾となり、貞乃さまが寮母をなさって下さるのであれば、何か名前をつけなければなりませんね」

「名前？」

「そう、養護院に相応《ふさわ》しい名前を……」

「では、立場茶屋おりきの養護院なのですもの、おりき荘はどうでしょう」

「あら、それは駄目ですよ。立場茶屋おりきの敷地内にあっても、実質的に運営するのは、貞乃さまですもの。わたくしは協力をするだけ……。そうだわ、先程、貞乃さまは将来《さき》のある子供たちのために役立ちたいとおっしゃいましたわよね？　翌檜《あすなろ》……、あすなろ荘、いいえ、あすなろ園はどうでしょう」

おりきがふわりとした笑《え》みを寄越す。

「あすなろ園……。まあ、なんて良い名前なのでしょう！」

貞乃も目を輝かせた。

「けれども、そうなれば、さつきだけでは手が足《た》りなくなりますわね。様子を見て、あすなろ園にも助っ人を雇《やと》うことに致しましょう」

「いえ、おりきさま、これからはわたくしが先頭に立ち、子供たちの賄《まかな》い、洗濯などをしようと思っていますの。ですから、当分は、わたくしとさつきさんだけで……。それでなくても、子供たちの口が増え、掛かり費用も増えるというのに、あすなろ園はお金が出ていくだけで、茶屋や旅籠《はたご》、彦蕎麦のように収入がありません。それなのに、掛かり費用の全《すべ》てをおりきさまに甘えるのかと思うと、申し訳なくって……」

おりきは口に袂《たもと》を当て、くすりと肩を揺らした。

「何をおっしゃるのかと思えば……。嫌ですわ。そんなことを考えていらっしたのですね。ご心配には及びません。うちは食べ物商売です。少しばかり子供の数が増えたくらいで、屋台骨《やたいぼね》が傾《かたむ》くようなことはありませんので、ご安心下さいませ。それにね、入ったお金は、再び、社会に還元《かんげん》していく……。そうして世の中は廻《まわ》っていくものですし、無駄金《むだがね》を遣《つか》うわけではなく、将来を背負《せお》って立つ子供たちのために役立てるのですもの、これほど悦《よろこ》ばしいことはありませんわ」

貞乃は感極《かんきわ》まったように、深々と頭を下げた。

そんなふうにして、子供部屋、いや、あすなろ園に新たに加わった子供たち……。

おいねやみずきは三人を見て狐《きつね》につままれたような顔をしたが、そこは同年配の子供のこと、殊に、芳樹《よしき》が父親に連れられ小田原《おだわら》に帰ってからというもの、どこかしら寂《さみ》しい想いをしていたおいねは悦んだ。

卓也もおせんも、含羞《はにか》みながらも、すぐさま打ち解《と》けてくれた。

が、問題は勇次である。

猟師町にいた頃にはガキ大将だったというのが嘘のように、終始《しゅうし》、圧《お》し黙ったまま口を開こうとしないのである。

その勇次があすなろ園に来て、初めて放った言葉が、嫌だ、見せねえ……。

だが、貞乃には、勇次が自分だけ生き残ったことを責めているのだ、と解っていた。

その想いは、卓也もおせんも同様であろう。

が、卓也やおせんとまた違い、勇次には、あの日、親に反抗して裏店を飛び出したことで、自責《じせき》の念があるのである。

けれども、きっと、いつか……。

貞乃は自分に課せられた使命を胸に嚙《か》み締め、決意を新たにした。

神妙《しんみょう》な顔をして、短冊に取り組む子供たち……。

貞乃は頰《ほお》を弛《ゆる》め、勇次とおせんの様子を見ようと、立ち上がった。

「ほう、あすなろ園とな。そいつァ、よい名じゃねえか。するてェと、いよいよ、子供部屋が本格的な養護施設となるんだな？　けど、たまげたぜ！　女将《おかみ》が子供部屋を手習塾にして、近所の餓鬼どもに開放するたァ聞いてたがよ、手習塾を通り越して、いきなり、養護施設というのだからよ！」

亀蔵《かめぞう》親分が単衣《ひとえ》の胸をはだけ、ハタハタと団扇《うちわ》の風を送りながら言う。

おりきは長火鉢《ながひばち》の猫板《ねこいた》に湯呑《ゆのみ》を置き、ちらと亀蔵を窺った。

「冷たい麦湯《むぎゆ》のほうが宜しかったかしら？」

「なに、暑いときに熱いものを飲むのが、通人《つうし》ってもんでェ！　けど、こう暑くちゃ堪《たま》んねえよな？　夏越祓を過ぎた途端《とたん》、極暑《ごくしょ》となっちまったんだからよ。まっ、この分なら、今年の七夕は星空が拝めるってもんだけどよ。ところで、さっきの話になるが、孤児を預かるとなったら、これからが難儀《なんぎ》だぜ。大丈夫《でえじょうぶ》かよ。俺も気になったもんだから、ちょいとばかし猟師町の焼け跡に脚《あし》を延ばしてみたのよ。ところが、なんと、猟師町の裏店は七割方が焼け落ちて、未《いま》だ、手つかずの状態で、お上《かみ》が造ったお救い小屋に焼き出された連中が鮨詰《すしづめ》状態で押し込められててよ……。それで、あの餓鬼どもと同じ裏店に住んでいた者に勇次のことを訊ねてみたところ、あの餓鬼ャ、手に負えねえ悪餓鬼だというじゃねえか……。夜郎自大《やろうじだい》に年端《としは》のいかねえ餓鬼を集めちゃお山の大将を気取り、嘘は吐くわァ、万引《まんびき》はするわァで、ほとほと親もおてちん（お手上げ）だったというからよ……。その点、卓也という餓鬼ャ、大《てぇ》したもんよ。妹思いの孝行息子でよ。あの歳《とし》で、親父《おやじ》の漁を助《す》けてたっていうからよ。まっ、言ってみりゃ、勇次とは月と鼈《すっぽん》……。ところがよ、近所の者の話では、そんなきかん坊の勇次が、不思議と、卓也のいうことには素直に従ったというのよ。てこたァ、卓也が傍についてりゃ、あんまし心配《しんぺえ》するこたァねえのかもしれねえが、こりゃ、貞乃さまは先が思い遣《や》られるのじゃねえかと、つい、気を揉《も》んじまってよ」

亀蔵が茶をぐびりと口に含み、済まねえ、やっぱ、麦湯も貰《もら》おうか、と気を兼ねたように言う。

「冷たいお絞《しぼ》りもお持ちしましょうね」

おりきが厨《くりや》に声をかけ、再び、戻って来る。

暫《しばら》くして、おみのが盆に麦湯とお絞りを載《の》せて、帳場に入って来た。

「いらっしゃいませ」

「おう、おみのか……。確か、おめえの出所《でしょ》は大崎村《おおさきむら》だと思ったが、地震の被害はどうだった？」

「お陰さまで、大した被害はなかったようです。今にも崩れ落ちそうなあばら屋だというのに、存外に、昔の家ってしっかりしているものなんですね」

「そうけえ、そりゃよかった」

亀蔵が冷たいお絞りを顔に当て、なんと、生き返るようだぜ、と呟く。

が、麦湯とお絞りを運ぶと用は済んだはずのおみのが、まだ、臀《しり》に根が生《は》えたように坐《すわ》っている。

何か言いたいことでも……、とおりきが窺うと、おみのは慌てて目を伏せた。

「おみの、どうしました？」

「…………」

「何か言いたいことがあるのですか？」

「…………」

おみのはまだ黙っている。

「どうしてェ、おめえらしくねえぞ！　言いてェことがあるんなら、はっきりと言えばいいだろうに！」

痺《しび》れを切らした亀蔵が、甲張《かんば》ったように鳴り立てる。

おみのは肩を竦《すく》め、ますます潮垂れた。

「親分、そんなふうに言うものではありませんわ。おみの、親分もわたくしも怒っているのではないのですよ。ただ、言いたいことがあるのなら、吐き出してしまったほうが、おみの自身も楽になると思いましてね。さあ、どうしました？　言ってごらんなさい」

おみのが怖《お》ず怖ずと顔を上げる。

「暇《ひま》を貰えないかと思いまして……」

「暇？　ここを辞《や》めるというのですか？　でも、また何ゆえに……」

おりきが訝《いぶか》しそうな顔をする。

おみのは立場茶屋おりきの旅籠では、おうめに次《つ》ぐ古参《こさん》で、これまで問題らしき問題を起こしたことがない。

それに、仲間内で揉め事があるとも聞いていなかった。

「………」

おみのは再び俯《うつむ》いた。

膝《ひざ》の上で、頻《しき》りに、手をもぞもぞと扱《しご》いている。

「何か不満でもあるのですか？」

「不満なんて……」

おみのが鼠鳴《ねずみな》きするような声で呟く。

「では、実家《さと》で何かありましたか？　地震の被害はなかったと聞きましたが、それとは別に、おまえが帰らなければならないような問題が起きたとか……」

「金か？　金の問題なら、まず、女将に相談するのが筋だろうが……。おっ、それとも、縁談か？　それなら、話は別だ。目出度《めでて》ェことなんだから、何もこそこそすることたァねえ！　堂々と胸を張って、ここを出て行きゃいいんだからよ」

亀蔵が芥子粒《けしつぶ》のような目を、一杯に見開く。

「違います」

おみのがそろりと顔を上げる。

「どうしても理由を言わなきゃいけませんか？」

おりきと亀蔵が啞然《あぜん》としたように顔を見合わせる。

「おう、おみの、冗談も大概《てえげえ》にしな！　犬ころだって、三日飼《か》ったら恩を忘れねえというのによ。おめえ、何年ここにいる！　常から、立場茶屋おりきで働く者は、皆、家族、と女将が口が酸っぱくなるほど言ってたのを忘れたってか！　その家族の一人がここを去るというのに、理由も言わねえで、はい、さよなら、じゃ堪ったもんじゃねえ！　そんなことをしてみな！　女将は許しても、この俺が許さねえからよ！」

余程肝《よほどきも》が煎《い》れたとみえ、亀蔵が顔を真っ赤にして鳴り立てる。

「親分！」

おりきは亀蔵を目で制した。

「おみの、よく聞くのですよ。おまえがここを辞めるに当たり、理由を言う必要があるとかないとかの話ではなく、わたくしが聞きたいのです。わたくしたちは家族ではないですか！　家族なのに、納得《なっとく》がいかないまま手放すわけにはいきません。話を聞いたうえで、納得がいけば、悦んでおまえを送り出しましょうぞ。だから、話しておくれではないかえ？」

おりきがおみの傍に寄り、そっと肩に手をかける。

おみのは項垂《うなだ》れたまま、こくりと頷いた。

「あたしがここにいたら、旅籠や女将さんに迷惑がかかることになります……」

「迷惑だなんて、おまえ……」

おりきが訝しそうな顔をする。

「なに、よく聞き取れねえや……。何が迷惑だって？」

亀蔵が胴間声《どうまごえ》を上げ、おみのは意を決したように話し始めた。

「地震のあった日の少し前のことです。お客さまをお見送りして旅籠に戻ろうとすると、茶屋から出て来た男に呼び止められまして……」

おみのはそう言うと、悪夢《あくむ》でも思い出したかのように、眉根《まゆね》を寄せた。

その男は権八《ごんぱち》という男で、おみのが大崎村にいた頃、隣村に住んでいたという。

「お恥ずかしい話なんですけど、あたしには歳の離れたやくざな兄がいまして、兄はその男と連《つる》んで悪さの限り……。手慰《てなぐさ》みや恐喝《きょうかつ》まがいのことをするばかりか、押し込み一味の下っ端《ぱ》にまで成り下がり、あたしが十五のとき、内藤新宿《ないとうしんじゅく》の薬種問屋《やくしゅどんや》に押し込みに入り、火付盗賊改《ひつけとうぞくあらためかた》方に挙《あ》げられました。兄とその男は見張り役だったために死罪は免《まぬが》れましたが、三宅島《みやけじま》に遠島《えんとう》となりました。あれから十五年……。まさか、流人《るにん》となった権八が江戸に戻っていたとは……。ご赦免《しゃめん》になったという話は聞いていませんし、あたし、口から胃の腑《ふ》が飛び出すのじゃないかと思うほど、驚いちまって……」

おみのは辛《つら》そうに胸を押さえた。

亀蔵も蕗味噌《ふきみそ》を嘗《な》めたような顔をする。

「此《こ》の中《じゅう》、三宅島、八丈島《はちじょうじま》からご赦免になったという者はいねえはずだがよ……。てこたァ、おいおい、島抜《しまぬ》けかよ！」

おみのは頷いた。

権八は島に来た流人船《るにんせん》の船底に潜《もぐ》り込み、まんまと島抜けに成功したという。

権八はおみのを見て、ここで逢《あ》ったが百年目といった顔をした。

「おみのじゃねえか！　おめえ、こんなところにいたのかよ。へえェ……、あの百姓娘のおめえがよ、滅法界《めっぽうかい》いい女ごになったじゃねえか！　なになに、旅籠立場茶屋おりき……。へっ、てこたァ、茶屋のほうではなくて、おめえ、旅籠の女中に化《ば》けたのかよ！　立場茶屋おりきと言ャ、ちょいとばかし名の通った料理旅籠だ。そんな高級旅籠に流人の兄貴を持ったおめえがよ……。おめえ、まさか、兄貴のことを隠してるんじゃねえだろうな？　どうしてェ、その顔は！　なんなら、この俺が御亭に話してやってもいいんだぜ。ああ、ついでだから言っとくが、おめえの兄貴は島で起きた暴動に巻き込まれ、役人に怪我《けが》を負わせた罪で、座敷牢《ざしきろう》に押し込まれてらァ！　まっ、恐らく、生涯《しょうげえ》、出て来られねえと思うがよ。だが、心配《しんぺえ》だな。そんな兄貴を持ったおめえが料理旅籠の女中をやってるなんてことが世間に暴露《ばれ》てみな？　客商売で一等怖《こえ》ェのは、他人《ひと》の噂だというからよ」

「権八さん、止《や》めて！」

「へへっ、どうしてェ、その顔は！　そりゃよ、俺も喋《しゃべ》りたかァねえよ。だがよ、魚《うお》心《ごころ》あれば水心《みずごころ》……。俺もよ、島抜けしたのはいいが、昔の友達《だち》が悉《ことごと》く死罪、遠島、江《え》戸《ど》十里四方《じゅうりしほう》払《ばらい》となっちまってよ。正《まさ》な話、楽じゃねえのよ。おめえ、こんな品《ひん》をした旅籠の女中をしてたら、少しばかり融通《ゆうずう》が利《き》くんじゃねえのかえ？　なに、とっけもねえ（途方もない）ことを言ってるわけじゃねえんだ。時たま、小遣い銭を渡してくれりゃいいんだからよ」

権八は狡《こす》っ辛《から》そうな目を、きらと光らせた。

「けど、あたし……。お金なんて持っていない……」

「てんごう言うのも大概《てえげえ》にしな！　なんなら、おめえが手当を幾ら貰ってるのか、調べたっていいんだぜ。それとも、この脚で、御亭に掛け合おうか？」

「待って！　それだけは止《よ》して……。解ったわ。幾らあるか分からないけど、調べてくるから、ここで、ううん、品川寺《ほんせんじ》の境内《けいだい》で待っていてくれない？」

おみのは慌てて茶屋の二階にある、使用人部屋へと上がって行った。

幸い、使用人部屋に人影はなく、おみのは押し入れの柳行李《やなぎごうり》を開けると、衣類の下に仕舞《しま》った巾着袋《きんちゃくぶくろ》を取り出した。

そして、ふうと溜息《ためいき》を吐く。

立場茶屋おりきに奉公して、十二年……。

通常、女中やお端女の給金は、年二両が相場であった。が、立場茶屋おりきでは、年三両から始まり、年功により少しずつ増えていく仕組みとなっていて、現在《いま》のおみのは年四両を貰っているが、そのうち三両は実家に仕送り、残りの一両で細々《こまごま》としたものを求め、手許《てもと》にあるのは四両と二朱……。

それは、十二年をかけて、おみのがこつこつと溜《た》めてきた金だった。

未練がないわけではない。

だが今ここで、兄のことが暴露てしまったら……。

おみのは迷いを吹っ切るようにして、三両だけ抜き取った。

ところが、権八は明らかに不服そうな顔をしたのである。

「おめえよ、無礼《なめ》るんじゃねえぜ！　こんな端金《はしたがね》、盆茣蓙《ぼんござ》を一回囲んだら終《しめ》ェじゃねえか！　が、まっ、今日のところは、これで勘弁《かんべん》してやらァ。けどよ、金輪際《こんりんざい》、俺の顔を見たくねえと思うんなら、三十両、用意しな！」

権八はそう言うと、弥蔵《やぞう》を決めて帰って行った。

「あたしには三十両なんて金は作れません。けど、あの男は必ず来ます。そうしたら、兄のことが女将さんに暴露てしまう……。あたしがここにいると、悪い噂が立ってしまうのです。だから、あいつに見つからないように姿を消さなければと思って……」

おみのは肩を顫《ふる》わせ、泣き崩れた。

おりきがその肩をそっと抱え起こす。

「よく話してくれましたね。おみの、お兄さまのことで恥じることはないのですよ。おみのに罪はないのですもの、毅然《きぜん》としていればよいのです」

「でも、他人《ひと》はなんて思うでしょうか。流人を兄に持つ、あたしのような者が座敷に出たのでは、お客さまが嫌がられます」

「莫迦なことを言うものではありません！立場茶屋おりきのお客さまを見くびってもらっては困りますよ。誰が嫌がりましょうか！ これまでの仕事ぶりを見て、お客さまこそ、おみのの真価を解っていて下さるのですよ」

おりきが言葉尻を荒らげると、亀蔵も後に続けた。

「そうだぜ。兄貴は兄貴、おみのはおみの！ それによ、兄貴は現在《いま》罪を償《つぐな》っているところじゃねえか。誰にも後《うし》ろ指を指《さ》されるこたァねえんだよ！」

「それにね、馬鹿げたことでおみのを脅《おど》すような男には、毅然とした態度を取らない限り、どこに逃げても、追い回すに違いありません。ですから、今後、その男が現われたら、わたくしが応対いたしましょう」

「おう、それがいい！　女将がピシャリと言って、それでも四の五の言うようなら、持ち前のこれでやっつければいいんだからよ。エイヤッと！」

亀蔵が片腕を捻《ひね》ってみせる。

「まあ、親分ったら！」

「それによ、その男が現われたら、末吉《すえきち》にひとっ走りさせな。島抜けした野郎なんて、いつでもしょっ引けるんだからよ！」

亀蔵が味噌気《みそけ》に十手《じって》をポンと叩いて見せる。

再び、おみのがワッと声を上げ、袂で顔を覆《おお》った。

「おいおい、もう大丈夫《でえじょうぶ》だというのに、まだ泣く気かよ！」

「だって、女将さんや親分の気持が嬉しくって……」

おみのはそう呟くと、肩を顫わせ続けた。

おみのが前垂《まえだ》れで顔を拭って出て行くと、入れ違いに、大番頭の達吉《たつきち》が入って来る。

達吉は厨のほうに去って行くおみのを振り返り、首を傾げた。

「何かありやしたんで?」

ああ……、とおりきが微笑む。

「なに、おみのの取り越し苦労さ! 莫迦なごろん坊に多少脅されたからって、泰然《たいぜん》と構えてりゃいいものをよ!」

「おみのが脅されただって!」

達吉が驚いたように目を瞠《みは》る。

「大番頭さんはおみののお兄さまのことを知っていましたか?」

おりきが茶を淹《い》れながら、達吉を窺う。

「兄さんって……。ああ、流人となった?」

「えっ、知っていたのですか!」

思わず、おりきは急須《きゅうす》を落としそうになった。

「ええ、先代から聞きやした。先代は使用人を雇う際、必ず、素性《すじょう》をお調べになりやすからね。ただ、おみのは先代が兄貴のことを知っていて、雇ったとは思っちゃいねえはずです。終《つい》しか、おみのの口から兄貴のあの字も出やせんでしたからね。けど、先代はそれでもよいではないかとおっしゃって……。兄さんがどうであれ、肝心《かんじん》のおみのが心根《こころね》の優《やさ》しい我勢者《がせいもの》なんだからと言われやしてね。それで、あっしも聞かなかったことで通しやした。人は誰しも触《ふ》れてもらいたくねえことがありやすし、おみのが口に出さねえということは、それだけ、兄さんのことで、おみのの心が疵《きず》ついたんだと思いやしてね。その実、おみのはよく働いてくれたじゃありやせんか。正な話、このあっしでさえ、おみのの兄貴が流人ということも、兄貴がいたことすら忘れていた始末で……。じゃ、なんですか？　兄貴のことで、誰かがおみのを脅したって……」

亀蔵は権八のことを話して聞かせた。

「全《まった》く、なんてことでェ！　じゃ、おみのはその男の脅しに乗って、三両も払っちまったって？　何故《なぜ》、払う前に、女将さんかあっしに相談しねえんだよ……。まっ、それだけ、おみのには兄貴のことが恐怖だったということなんだろうがよ。可哀相《かえいそう》に、それで、ここを辞めてェと？」

達吉が口惜《くちお》しそうに言う。

「ええ。けれども、おみのも洗いざらい打ち明けてくれて、これですっきりとしたことでしょう。無論、おみのを辞めさせはしません。この次、その男が訪ねて来たら、わたくしが応対することにしました」

「ああ、それがようござんすね。ところで、そろそろ、今宵の献立《こんだて》の打ち合わせをと、巳之吉《みのきち》が待っていやすが……」

達吉がそう言うと、亀蔵がパァンと手を打った。

「よし、そいじゃ、そろそろ退散とするか！　女将、さっきも言ったように、権八が来たら、必ず、知らせてくれや。島抜け野郎をこのまま見逃すわけにゃいかねえからよ」

「解りました。末吉に車町《くるまちょう》まで走らせましょう」

亀蔵が帳場を出て行くと、代わりに、巳之吉が入って来る。

「なんだか、お忙しそうでやすね」

「待たせて済まなかったね。今宵は久々に倉惣《くらそう》さまがお見えになるというのに、おまえも気が気ではなかったでしょう。それで、倉惣さまのお連れは二人ということですが、一人はご婦人とのこと……。巳之吉にどなたか心当たりがありますか？」

巳之吉はふっと頬を弛めた。

「恐らく、御鷹匠《おたかじょう》組頭《くみがしら》戸田《とだ》さまの御母堂絹代《きぬよ》さまではないかと……」

「戸田絹代さま？　ああ、倉惣のご隠居さまをお慰《なぐさ》めしようと、巳之吉が請《こ》われて駒込《こまごめ》の寮で出張料理をしたときに、ご同席になられたお方ですね。そう言えば、巳之吉の料理を大層気に入って下さったとか……。立場茶屋おりきにも是非《ぜひ》一度行ってみたいと仰《おお》せだったとか、倉惣さまから聞きました。では、あの方がお越し下さるのですね？　まあ、どうしましょう……」

おりきが珍しく狼狽《うろた》えると、巳之吉がにたりと笑った。

「別に、特別なことをしなくても、あっしはいつものように心を込めて料理をお作りすればよいと考えていやすが……」

「それはそうですね。それで、献立は決まりましたか？」

そう言うと、巳之吉は懐《ふところ》の中からお品書《しながき》を書いた巻紙を取り出し、はらりと開いた。

例によって、図入りのお品書である。

「明後日《あさって》は七夕でやす。それで、七夕を意識して作らせていただこうと思いやす」

一の膳

八寸《はっすん》
硝子《がらす》猪口《ちょこ》入り青梅煮《あおうめに》
鱧《はも》握り寿司《すし》梅肉《ばいにく》載せ
鬼灯《ほおずき》入り鮎《あゆ》の甘露煮《かんろに》
芥子《からし》蓮根《れんこん》

鱧の子玉締《たまじ》め刻《きざ》み三つ葉載せ

これらが、笹の葉を敷《し》いた備前火襷角皿《びぜんひだすきかくざら》の上に、涼《すず》しげに盛りつけてある。

椀物《わんもの》　牡丹《ぼたん》鱧の清《す》まし汁仕立

（鱧、三つ葉、茗荷《みょうが》、青柚子《あおゆず》）

酢物　硝子《がらす》馬上杯《ばじょうはい》入りじゅんさい冷やしとろろ　鶉卵《うずらたまご》

二の膳

造り　鱧落とし、鱧焼き霜《しも》、太刀魚《たちうお》、鮪《まぐろ》とろ

焼物　鮎塩焼　はじかみ

炊合《たきあわ》せ　賀茂茄子《かもなす》揚煮《あげに》海老《えび》そぼろ餡《あん》かけ

枝豆《えだまめ》、木の芽、生姜《しょうが》

三の膳

鯛素麺《たいそうめん》　焼鯛《やきだい》、素麺、錦糸《きんし》玉子《たまご》、椎茸《しいたけ》、車海老《くるまえび》、三つ葉

留椀《とめわん》　虎魚《おこぜ》赤出汁《あかだし》

香《こう》の物　茄子と瓜《うり》の糠漬《ぬかづけ》、奈良漬《ならづけ》

水物《みずもの》　西瓜《すいか》

おりきは造りの器《うつわ》に驚いた。

なんと、氷鉢《こおりばち》の上に大葉《おおば》が敷き詰められ、その上に、鱧や鮪、太刀魚の刺身が盛られ、茗荷、花穂紫蘇《はなほじそ》、長芋《ながいも》、瓜、大根《だいこん》のけんが小粋《こいき》に脇役を務めているのだった。

しかも、季節柄、鱧を八寸の握り寿司、椀物、刺身にと使っているが、刺身の鱧は

さっと湯引《ゆび》きした落としと、串打《くしう》ちした鱧を火に焙《あぶ》り、氷水に潜《くぐ》らせた焼き霜と、二種類の調理方法で仕上げている。

そして炊合せの賀茂茄子揚煮海老そぼろ餡かけは手が込んでいて、横半分に切った賀茂茄子の中身を小玉大《こだまだい》にくり抜き、器となる皮と小玉大の身を油で揚げ、出汁、味《み》醂《りん》、醤油《しょうゆ》、砂糖《さとう》でさっと煮て、そこに一口大にした車海老と茹《ゆ》でた枝豆の身を加え、水溶《みずと》き葛《くず》でとろみをつけ、揚げた賀茂茄子の皮に詰めて生姜汁を搾《しぼ》り、上に木の芽をあしらう。

これは、蓋《ふた》付き粉《こ》引鉢《ひきばち》に入っている。

だが、なんといっても七夕らしく圧巻《あっかん》であったのは、鯛素麺であろうか……。京塗《きょうぬ》りの角樽《つのだる》に氷を詰め、その上に、笹の葉を敷き詰めると、焼いて更に煮付けた鯛の切身《きりみ》や素麺、車海老、錦糸玉子、含め煮にした椎茸、三つ葉が彩《いろど》りよく盛りつけてあるのである。

これを塗猪口《ぬりちょこ》に入った素麺汁《そうめんつゆ》に茗荷、葱《ねぎ》、生姜、煎り胡麻《ごま》を加えて浸《ひた》して食べる。

墨《すみ》で描《えが》かれた巳之吉の絵を見ただけで、思わず生唾《なまつば》を呑みそうになる一品だった。

「如何《いかが》でしょうか」

巳之吉がおりきの目を瞠める。

「七夕らしく涼しげで、食の進みそうな献立ですこと！　けれども、聞くところによると、確か、絹代さまは五十路半《いそじなか》ば……。五十路半ばのご婦人には、些《いささ》か量が多いように思いますが、どうでしょう……」

おりきがそう言うと、巳之吉は、なァんの！　と肩を竦めた。

「絹代さまはかなりの健啖家《けんたんか》でいらっしゃいます。先《せん》に、倉惣の寮でお出しした料理も余すことなく平らげられ、里芋《さといも》みぞれ鍋《なべ》など、汁《つゆ》まで飲まれ、お代わりを催促《さいそく》されたほどです。これしきの料理は造作《ぞうさ》なく召し上がりになると思いやすが……」

「まあ、そうですの……。それでは、これで構わないと思いますが、そうですね、水物の後にお薄《うす》をお出ししようと思いますので、甘味《かんみ》を少しつけて下さいませんか？」

「解りやした。葛餅《くずもち》でもお出ししやしょう」

「へえェ、大《てえ》したもんだぜ、巳之吉は！　次から次へと目先の違う献立をよく思いつくもんだと感心するぜ。しかも、器や盛りつけが凝《こ》っててよ。氷鉢に刺身を盛るたァ、おったまげたぜ！　成程《なるほど》、これなら涼しげだし、しかも、七夕にはぴったりでェ！」

達吉がお品書を手に、感服したように言う。

「じゃ、あっしは早速仕込みに入《へえ》りやすんで……」

「おっ、待ちな。他の客室もその献立でいくってことなんだな？」

「へい。今宵の客は皆さん三月《みつき》ぶり、半年ぶりの方でやす。今宵、どなたさまも、少し早い七夕を愉《たの》しんでいただければと思ってやすんで……」

巳之吉はぺこりと辞儀をすると、板場に戻って行った。

その背を見送り、おりきがそそくさと立ち上がる。

「女将さん、一体《いってえ》どこへ？」

達吉が目を丸くする。

「戸田絹代さまが初めてお越しになるのですもの……。献立が七夕を意識したものなら、部屋の花なども、それらしきものに替えなくてはと思いましてね。達吉、吾平《ごへい》と末吉に言って、急いで、笹を集めて来させて下さいな。常磐芒《ときわすすき》があれば、それも……。ああ、なんでもいいわ。海岸べりに咲いているものならなんでも……」

おりきが上擦《うわず》った声を出す。

前後を忘れるほど興奮させてしまう、戸田絹代という女性……。

おりきはまだ見ぬ絹代に想いを馳《は》せ、胸をときめかせていたのである。

蔵前《くらまえ》の札差《ふださし》、倉惣惣三郎《そうざぶろう》の連れは、戸田絹代と鷹匠支配《たかじょうしはい》戸田式部《しきぶ》の賄方《まかないかた》板頭《いたがしら》、矢《や》立左《たてさ》馬介《まのすけ》の三人であった。

おりきの想像通り、戸田絹代という女性はゆかしく﨟《ろう》長《た》けた女性で、幾分太り肉《じし》ではあるが、周囲《まわり》の者をふわりと包み込んでしまう、そんな温雅《おんが》さを感じさせた。

絹代は半白《はんぱく》となった髪《かみ》をしの字髷《まげ》に結い、白麻《しろあさ》に藍《あい》の濃淡《のうたん》で文様《もんよう》を描く茶屋《ちゃや》染帷子《ぞめかたびら》に、水浅黄《みずあさぎ》色《いろ》の綾織《あやお》り帯を平十郎《へいじゅうろう》結びにしていた。

おりきが座敷に挨拶《あいさつ》に上がると、惣三郎は待ちかねていたとばかりに手招きをして、絹代を紹介した。

「以前、絹代さまは駒込の寮で巳之吉の料理を召し上がってからというもの、すっかりお気に召したようで、立場茶屋おりきにいつ連れて行ってくれるのかと、矢のように催促の文を下さいましてね。ところが、あれからすぐに義父《ちち》が本格的に病《やまい》の床に就《つ》いてしまい、この四月、遂《つい》に息を引き取りましたので、今日までお連れすることが出来ませんでした。だが、四十九日の法要も済ませましたのでね。それで、新盆《にいぼん》の前に、是非にもお連れしようと思いまして……」

惣三郎は幾分窶《やつ》れたように見えたが、舅《しゅうと》の惣兵衛《そうべえ》を亡くして、名実《めいじつ》ともに倉惣の主人《あるじ》となった責任がそうさせるのか、以前にも増して、凜々《りり》しげに見えた。

「ご隠居さまがお亡くなりになりましたことを、六月に入って沼田屋《ぬまたや》さまから聞きましたものですから、葬儀《そうぎ》に馳せ参じることも叶《かな》わず、申し訳ありませんでした」

おりきが深々と頭を下げる。

「なに、葬儀といっても、ごく内輪《うちわ》で……。義父は生前金に飽《あ》かせて贅《ぜい》の限りを尽くしましたからね。本人もそれを恥じていたのでしょう。せめて、野辺《のべ》送《おく》りは身内だけでひっそりと行ってくれというのが遺言《ゆいごん》でしたので、沼田屋や高麗屋《こうらいや》、そう、戸田さまにも後から知らせた次第ですので、お気になさることはありません。そうそう、今宵、こちらにお伺《うかが》いしたのは、そのような湿《しめ》っぽいことを話すためではありません。では、改めて、紹介させていただきます。こちらが鷹匠組頭戸田倫之介《みちのすけ》さまの御母堂絹代さま……。そして、こちらが鷹匠屋敷の賄方で板頭を務められる、矢立左馬介さまにございます」

惣三郎に紹介され、絹代と左馬介は改まったように頭を下げた。

そうして、顔を上げると、絹代はおりきを瞠め、ふわりとした笑みを浮かべた。

「あなたさまがおりきさまなのですね。ああ、わたくし、嬉しくって！　倉惣さまからあなたさまのことを聞き、わたくしなりにどんなお方なのかと想いを巡《めぐ》らせていましたが、まさか、こんなにも思い描いたとおりのお方だったとは！　楚々《そそ》とした儚《はかな》げな美しさの中に、凛然《りんぜん》とした強さを秘《ひ》めたお方……。なんだか、初めてお目にかかるとは思えませんのよ。以前にも、どこかでわたくしと深い関《かか》わりがあったお方のような……。もしかすると、前世でお逢いしていたのかもしれませんわね」

「そのように感じていただけたとは、恐れ入ります。けれども、不思議ですこと！　わたくしも絹代さまにお目にかかり、同じような思いを致しました」

おりきが言うと、絹代は童女のように胸前で手を合わせ、まっ、あなたさまも？　と燥《はしや》ぎ声を上げた。

「では、宿世《すくせ》の縁ということですかな」

惣三郎がひょうらかしたように言う。

「なんとでもおっしゃいませ！　それより、おりきさま、わたくし感動していましたのよ。倉惣から、こちらの月見膳は素晴らしい、料理もさることながら、萩《はぎ》、芒、河原撫子《かわらなでしこ》といった野の草花で、月の見える縁側をまるで野原にでもいるかのように演出した女将の気扱《きあつかい》に胸を打たれた、と聞いていましたが、今宵、この座敷に通され、まず目を引いたのが、まるで天《あま》の川がそこにあるかのように、笹竹、常磐芒、露草《つゆくさ》、鬼野老《おにどころ》といった草花で縁側を演出し、左右に白と桃色の木槿《むくげ》を配されたのは、牽牛《けんぎゅう》、織女星《しょくじょぼし》を意識されたからなのでしょう？　まあ、なんて見事な心配りなのでしょう……。惣三郎さま、おまえさまはなんて素晴らしいところに連れて来て下さったのでしょう。感謝いたしますぞ！」

「そうでございましょう？　絹代さまなら、必ずや、悦んで下さると確信し、それで、敢えて、今日という日を選んだのです。七夕当日は、武家は武家の行事に追われますので、今宵しかないと思ったのですが、矢立さま、その意味で、あなたさまをお連れしたのですよ。実は、絹代さまにはこちらの板頭を御鷹匠屋敷の賄方にという想いがおありになったようですが、そういうわけにも参りません……。それで、今宵、矢立さまに巳之吉の料理を味わっていただければ、今後の役に立つのではなかろうかと思い、僭越《せんえつ》ながら、お連れした次第です」

惣三郎がちらと左馬介を窺う。

左馬介は憮然《ぶぜん》とした顔をしていた。

「僭越なものですか！　美味《おい》しい料理が食べられるのですもの、左馬介、感謝しなくてはなりませんよ。わたくしがいくら立場茶屋おりきの料理がああだったこうだったと口で説明しても、実際に、その目と舌で味わってみないと解りませんものね」

するとそのとき、一の膳が運ばれて来た。

おりきは改めて辞儀をすると、座敷を去った。

その脚で、板場へと向かう。

板場は二の膳の仕度で大わらわであった。

おりきが刺身を下ろす巳之吉に声をかけると、何か……、と巳之吉が振り返る。

「倉惣の座敷ですけど、急遽、もう一人前、仕度が出来ないでしょうか」

そう言うと、巳之吉は訝しそうな顔をした。

「倉惣のご隠居さまが亡くなられたことは知っていますよね？ わたくし、考えてみたのですが、健啖家で食客《しょっかく》として名の通ったあのご隠居さまです。食が進まなくなった折にも、わざわざ駒込の寮で巳之吉の出張料理を堪能《たんのう》して下さいました。たまたま、今宵の顔ぶれは、あのときと同じ……。今宵は、ご隠居さまの代わりに、御鷹匠支配の賄方板頭が加わっておいでですが、ご隠居さまも同席していらっしゃると思い、陰《かげ》膳《ぜん》として、お出ししてはどうかと思いましてね。今からでは無理ですか？」

おりきが気を兼ねたように言うと、巳之吉は、いや、出来ねえこともありやせん、とあっさりと答えた。

「そうしておくれかえ？ ああ、良かった！ では、すぐに、一の膳を頼みましたよ。ご隠居さまの膳はわたくしが運びますので……」

おりきはそう言うと、丁度到着したばかりの客を出迎えに玄関口へと急ぎ、暫《しば》くして、再び板場へと戻った。

惣兵衛の陰膳が出来ていた。

「女将さんが運ばれるのですか？」

女中頭のおうめが不安そうな顔をする。

「大丈夫ですよ。昔取った杵柄《きねづか》……。わたくしがここに来たばかりの頃は、毎日、こうして運んでいたのですからね」

おりきは意に介《かい》さずとばかりに、膳を手に階段を上って行ったが、やはり心許《こころもと》なかったとみえ、その後をおみのがついて来る。

案の定、手許が顫えた。

それでもなんとか浜千鳥《はまちどり》の間の前まで来ると、おみのが気を利《き》かせ、すっと襖《ふすま》を開ける。

「やはり、二の膳からはおまえに頼みましょうね」

おりきは苦笑すると、次の間に膳を置いた。

「失礼いたします」

座敷の中に声をかけて襖を開けると、中で給仕をしていた女中のお竹が驚いたように寄って来る。

「まあ、女将さんがお運びに？　えっ、でも、これは一の膳ですが、こちらにはもう……」

どうやら、部屋を間違えたと思っているようである。

おりきはふと頬を弛めると、床の間《とこま》を背にした絹代の隣に、座布団《ざぶとん》を敷くようにと命じた。

惣三郎と絹代が顔を見合わせる。

「ご隠居さまにもご同席を願おうと思いますが、宜しゅうございますか？」

「義父に？」

「まあ、陰膳ですか……。それはよい思いつきですこと！」

絹代が目を輝かせる。

惣兵衛の席が絹代の隣に作られた。

絹代が手酌《てじやく》で盃《さかずき》に酒を注《つ》ぐと、惣兵衛の膳に置く。

「では、改めて、乾杯《かんぱい》をしようではありませんか」

「おおォ、それはよい考えですな。では、義父の冥福《めいふく》と、七夕、それに、よき出逢いを祝して、乾杯！」

三人は一気に盃を空けると、顔を見合わせ、満足そうに頬を弛めた。

「女将、義父のために気を配って下さり、改めて感謝しますぞ！」

心なしか、惣三郎の目が潤《うる》んでいるように見えた。

「本当にそうですわ。考えてみますと、わたくしたちによき出逢いを作って下さったのは、惣兵衛さまですものね。そのことにお気づきになり、よくぞ、こうして陰膳まで用意して下さいました。わたくし、おりきさまの気扱に胸を打たれましたぞ！　それに、この八寸のなんて見事なこと！　わたくしなど口意地《くちいじ》が張っていますので、ほら、全て頂いてしまいましたが、鬼灯の皮を器に見立て、中に鮎の甘露煮とは……。それに、鱧の握り寿司のなんて美味《びみ》だったこと！　山葵《わさび》の代わりに梅肉が載っているところが、味噌ですわね。なんだか後を引きそうなお味で、お代わりをしたいくらい！」

絹代が恨《うら》めしそうに、惣兵衛の膳を流し見る。

「宜しければ、ご隠居さまのお膳も召し上がり下さいませ」

「そうですよ。女将が言われるように、お上がり下さいませ。一旦、義父に供《そな》えたのだから、後は、誰が食べても同じこと！　ねっ、そうですよね？」

惣三郎がおりきに目まじする。

「ええ、残すより、皆さまに食べていただいたほうが、ご隠居さまもお悦びになるでしょう」

おりきが八寸の入った備前火襷角皿を絹代の膳に移す。

「宜しければ、椀物や酢物も如何でしょう」

「あら、わたくしだけが二人前を食べるのですか？　ほら、皆で分けて頂きましょうよ。惣三郎さまは椀物かしら？　それとも、酢物？」

「では、酢物を頂きましょう」

「そうそう、殿方ですもの、そうこなくっちゃ……。では、左馬介が椀物ですね。この牡丹鱧の清まし仕立てのふくよかなお味！　左馬介、よく憶《おぼ》えておいて、式部さまやご妻女《さいじょ》に作って差し上げるのですよ」

巳之吉の料理を味わい、今後の役に立ててはどうかと惣三郎から言われたときには憮然とした様子の左馬介だったが、どうやら、一の膳の見事さに感服したとみえ、素直に、はい、と頷いた。

続いて、二の膳が運ばれてくる。

二の膳は端《はな》から惣兵衛の膳も用意されていて、四人分の膳が運ばれて来た。

おりきは会釈《えしゃく》すると、席を立った。

他の客室への挨拶が残っていたのである。

その夜、戸田絹代は終始満足な様子で、出された料理を余すことなく平らげると、帰り際、感激したようにおりきの手を握り締め、耳許で囁《ささや》いた。

「おりきさま、今宵はわたくしにとって忘れられない日となりました。期待に違《たが》わず今宵の料理は何もかもが美味しく、目でも舌でも存分に堪能させていただきました。殊に、二の膳の氷鉢を器にした刺身盛りは涼やかで、太刀魚の刺身など初めて頂きましたが、甘くて、あんなに美味しいものとは思いませんでした。それに、賀茂《かも》茄子揚煮の海老そぼろ餡かけ……。枝豆と車海老の葛餡がまったりとした味を醸し出し、茄子も口の中で蕩《とろ》けるようでした。けれども、なんといっても絶品だったのは、鯛素麺でしょうね。七夕に素麺を食べるのは古くからの習《なら》わしで、わたくしどもの屋敷でも毎年食しますが、汁の中に葱や茗荷、生姜、大葉といったものを入れるだけで、至って変わり映《ば》え致しません。けれども、こちらの鯛素麺の豪華さには目を瞠りました。見た目だけではありません。焼いた鯛を更に煮付け、錦糸玉子や車海老、三つ葉などを彩りよく盛りつけてあり、あれ一品でご馳走《ちそう》といえますものね。うちの板頭もあれには驚いたようで、日頃、気位《きぐらい》の高いあの左馬介が、兜《かぶと》を脱いだといった顔をしていましたもの……。こちらの板頭は、確か、巳之吉さまとかいいましたよね？　左馬介がどんなに釈迦力《しやかりき》となっても、あの方の足許にも及びませんが、此度は、学ぶべきところは学んだと思います。ですから、巳之吉さまを鷹匠屋敷の賄方にという大それた想いは、きっぱりと諦《あきら》めました。わたくし、これをご縁に、今後も、ちょくちょくこちらに上がらせていただくつもりですのよ。おりきさまと知り合えたこと……、これが、美味しい料理を頂けたことよりも、何よりの財産だと思いますの。わたくしね、あなたさまがわたくしの娘であったら……と、そんなことまで考えていましたのよ」

「有難《ありがた》いお言葉、恐縮《きようしゆく》にございます」

「あら、そんな堅苦《かたくる》しい言い方をなさるものではありませんわ。わたくしね、本当に、おりきさまが娘のように思えてなりませんの」

絹代の目がきらと光った。

あっと、おりきが絹代を瞠める。

絹代は慌てて目頭《めがしら》を拭い、生きていれば、おりきさまくらいの歳でしょうか、十年以上前に産後の肥立《ひだち》が悪くて亡くなりましてね、と言った。

「そうでしたか……。それはお寂しゅうございますね」

「その娘がどこかしらおりきさまに似ているような……。いえ、似ていてほしいという願望なのでしょうがね」

絹代は寂しそうな表情を見せたが、すぐに笑顔に戻った。

「ですから、ここで逢ったが百年目と思い、また来たのかと思われるほど、ちょくちょく顔を出しますので、覚悟していて下さいね！」

「はい、覚悟いたしましょう！」

おりきも態《わざ》と明るく答えた。

そうして倉惣一行は帰途についたのであるが、客室の用を全て片づけ、帳場で達吉と翌日の予約客の確認をしていると、板場の片付けを済ませた巳之吉が顔を出した。

「絹代さまは今宵の料理を気に入って下さったでしょうか」

「ええ、大層お悦びになりましたわよ。何一つ余すことなく、おまけに、陰膳まで食べて下さったのですもの……。何か気にかかることでもあるのですか？」

おりきが留帳《とめちょう》を捲《めく》る手を止め、首を傾げる。

「いえ、気にかかるというわけではありやせんが、お連れになった鷹匠屋敷の板頭が、板場を覗いてみたり、連次《れんじ》や追廻《おいまわし》を摑まえ、あれこれと訊ねたそうで……」

「あれこれと訊ねたとは……」

「それが……、煮方《にかた》の連次には清まし汁や素麵汁の調味料の配合や追廻たちには野菜の仕入れ先などを訊ねたそうでやす」

「そりゃ、巳之吉の料理に兜を脱いだってことさ！　巳之吉に堂々と訊ねりゃいいのに、そんなことをしたんじゃ沽券《こけん》に関わるとでも思い、それで、連次たちを探《さぐ》ったんだろうて……。ヘン、穴《けつ》の穴《あな》の小せェ男よ！　相手にするこたァねえんだ」

達吉が糞忌々《くそいまいま》しそうに毒づく。

「それならいいのでやすが、あっしは絹代さまの口に合わなかったのじゃねえかと思って……」

「口に合わないはずがありませんわ。あの方は、口先だけの綺麗事《きれいごと》を言われる方ではありませんよ。口に合わなければ、はっきりとそうおっしゃいますし、無理して食べるようなことはなさいません。それは、駒込の寮でお目にかかった、巳之吉が一番よく解っていることでしょうに……」

「さいですね。考えすぎでやした」

巳之吉は眉《まゆ》を開いて、板場に下がった。

「そりゃそうと、善爺《ぜんじい》の小屋の跡地に二階家を建てるとお決めになったとか……。それなら早《はえ》ェこと、高輪の棟梁に相談なさらねえと……。此の中、材木の値《ね》が上がってると聞きやしたし、棟梁も引く手数多《あまた》とあっては、頼んだからって、そうそう、こっちに廻ってもらえるとは思えやせんからね」

達吉が仕こなし顔におりきを見る。

「そうですね。では、早速、明日にでも訪ねてみましょう」

「それに、もう一つ……。二階家が完成するまで、餓鬼どもは善爺と子供部屋で寝起きし、貞乃さまが茶室でと、それはよいとしても、早ェ《はえ》こと、とめ婆さんの寝所を決めてやらねえと、洗濯場じゃ如何《いか》になんでも可哀相《かえいそう》でよ。畳《たたみ》の間がねえもんだから、一畳ほどの板間で芋虫《いもむし》みてェに縮《ちぢ》こまって寝ているそうで、腰が痛くて敵《かな》わねえ、とぼやいているそうでやすからね」

えっ……、とおりきが眉根を寄せる。

おりきがとめ婆さんの体調を気遣い、洗濯場で寝るのは辛くないかと訊ねても、なァんの、あたしゃ至って息災《そくさい》だからさ、とけろりとした顔をして答える、とめ婆さん……。

おりきにもそれが強がりだと解っていたが、この辺りの裏店の半分までが焼け落ちてしまい、空き部屋など皆無《かいむ》といってよい。

せめて、とめ婆さんが善助と一緒に子供部屋で寝てくれれば……。

何度、そう思ったことであろうか。

が、とめ婆さんは子供部屋どころか、茶室や茶屋の二階にある使用人部屋で寝起きすることも拒《こば》んだのだった。

他人《ひと》と同室など、絶対に嫌だと言うのである。

それで、ほとほと匙《さじ》を投げた恰好で、新たに裏店を借りるまで洗濯場で寝起きすることを容認してきたのだが、腰が痛くて敵わないとは……。

「それは放っておけませんね。けれども、棟梁が普請を引き受けて下さったとしても、すぐさま取りかかっても、完成までに二月《ふたつき》や三月《みつき》はかかるでしょう。いっそ、夜分だけでも、この帳場でわたくしと一緒に寝てもらいましょうか」

おりきがそう言うと、達吉は大仰《おおぎょう》に、ええェ！　と驚いて見せた。

「そりゃ無茶《むちゃ》ってもんだ！　あの婆さんと一緒じゃ、一晩で、女将さんが音《ね》を上げちまう……。それに、そんなことをしたんじゃ、他の者に示しがつかねえからよ」

「では、他に何かよい考えがありますか？　そうだわ！　貞乃さまにこの帳場に移っていただき、茶室をとめさんに明け渡したらどうでしょう」

おりきは目から鱗《うろこ》が落ちたような顔をしたが、即座に、達吉が否定した。

「女将さん、もう忘れたのでやすか？　とめ婆さんの裏店が地震で倒壊したとき、夜分だけでも子供部屋で善爺と一緒に休んではどうかと言ったら、これでも自分は女ごだ、男なんかと一緒に寝られるかと断り、では、茶室はどうかと訊けば、自分のような洗濯女には分不相応《ぶんふそうおう》と突っぱねたってことを……」

ああ、そうだった……、とおりきも思い出す。

「では、どうしたらよいのか……」

「………」

達吉も思案投げ首に腕を組み、うーんと唸《うな》る。

が、次の瞬間、何やら思いついたようで、ポンと膝を打った。

「そうだ、洗濯場に畳を敷けばいいんだ！」

「畳を敷くって、一体、どこに……」

「とめ婆さんが横になる板間は、広さにして畳一畳……。元々、あそこは乾《かわ》いた浴衣《ゆかた》や敷布《しきふ》を畳《たた》んだり、鏝《こて》を当てたりする場所だが、板の上に畳を敷いちまえばいいんだ！　浴衣に鏝を当てるときには、畳の上に薄い板を載せればいいし、それなら、とめ婆さんにも取り外《はず》しが出来る……。夜分は薄板を外し、畳の上に蒲団《ふとん》を敷けばいいし。こうすりゃ、もう腰が痛《いて》ェとは言わねえだろうからよ」

成程……、案外、よい考えかもしれない。

一刻者《いっこくもの》のとめ婆さんは他人《ひと》と交わるのを嫌い、一旦、言い出したら意地でも後に退《ひ》かない。

そんなとめ婆さんであるから、新たに裏店を借りるまでは洗濯場で……、と口にしたからには、誰がなんと言おうと、信念を曲げないであろう。

が、板間の上に畳を敷くとなったら、話は違う。

固辞《こじ》する理由がないのである。

「けれども、畳はどうします? 材木や建具《たてぐ》を手に入れるのも難しい現状とあれば、畳とて同様ではありませんか?」

「なに、何枚もってことじゃねえんだ。畳一枚《いちめえ》くれェ、あっしが江戸中駆けずり回ってでも、手に入れてみせやすよ!」

達吉には心当たりがあるとみえ、自信たっぷりに鼻を蠢《おごめ》かせた。

「へえェ、皆、よく書けたじゃないか! てならいがうまくなりますように……。これはみずきちゃんの短冊だね。それで、これはおいねちゃん。よしぼうがげんきでいますように……。そうか、小田原に帰った芳樹ちゃんのことだね。それに、これは……。おや、また、おいねちゃんだ！　よしぼうにあえますように……。まあ、おいねちゃんたら、芳坊《よしぼう》のことばかり……。そりゃそうだよね。あんなに仲良くしてたんだもの、また逢いたいよね？」

　おきちが笹の葉に括りつけた短冊を手に取り、おいねを見る。

　この年、晴れておりきと養子縁組をしたおきちは、此の中すっかり女らしくなり、以前のように、おいねやみずきと戯《たわむ》れることが少なくなったが、それでも、稽古事《けいこごと》の合間を縫《ぬ》っては、子供部屋に顔を出していた。

　おいねは照れたように、上目遣《うわめづか》いにおきちを見上げた。

「おきちねえちゃん、みずきだって、三枚も短冊を書いたんだよ！　ほら、これ！」

　みずきが背伸びをして、上のほうにある短冊を指差す。

「どれどれ……。えっ、おっかさんにあかちゃんがうまれますようにだって？　へえ、みずきちゃん、おっかさんに赤ちゃんを産んでほしいんだ！　そりゃそうだよね。鉄平《てっぺい》さんというおとっつァんが出来たんだもんね。きっと、いつか、おっかさんが赤ちゃんを産んでくれるよ。それで、もう一枚は、かめじっちゃがいびきをかきませんように……。えっ、なに？　亀蔵親分の鼾《いびき》が煩《うるさ》いってこと？　嫌だァ、親分ったら、そんなに大きな鼾をかくんだ！」

おきちが大仰に驚いてみせると、その場にいた卓也やおせんまでが、ぷっと噴き出す。

「だって、亀じっちゃが三畳間に移ったでしょ？　おさわおばちゃんやみずきの部屋の隣なんだもん！　毎晩、グゥファ、グゥファって、煩くて寝られないの」

みずきが唇を尖《とが》らせる。

みずきの母親こうめと八文屋《はちもんや》の板前鉄平が祝言《しゅうげん》を挙げたのは、地震のあった日であった。

立場茶屋おりきの広間で三三九度の盃を交わした直後、地震に見舞われ、北馬場町、猟師町一帯が大惨事となったのである。

そのため、二人の祝言を契機《けいき》に、この際、八文屋の水口《みずぐち》の外にある空き地に小部屋を増築し、二階をこうめたち夫婦に明け渡すつもりであった、亀蔵の計算が見事に狂ってしまった。

それで、増築するまでの苦肉《くにく》の策として、それまでこうめが使っていた三畳間に亀蔵が移り、亀蔵の部屋にこうめたち夫婦が入ることになったのであるが、三畳間の隣は、おさわの部屋である。

どうやら、おさわは新婚のこうめたちを気遣い、みずきを自分の部屋で寝かせているようなのだが、成程、襖一枚で隔《へだ》てているだけとあっては、亀蔵の鼾を煩いと感じても不思議はなかろう。

「でも、いいんだ！　おばちゃんがね、暫くの辛抱だよ、一階に新しく部屋が出来たら、亀じっちゃは下に移るからって言ってたから……」

「そう。じゃ、みずきちゃん、辛抱しなくちゃね」

おきちは微笑むと、次の短冊に手を伸ばす。

「これは、おせんちゃんの短冊かしら？　どれどれ……、ゆめでおっかさんにあえますように……。せんせいやみんなとなかよくなれますように……。そっか……、おせんちゃんは地震でおっかさんを亡くしちまったんだもんね。大丈夫だよ。すぐに皆と仲良くなれるよ。あたしたちは家族になったんだからさ！　それから、ああ、これが卓坊《たくぼう》の短冊だね。へえェ、凄《すご》いじゃないの！　漢字も書けるし、こんなに字が上手《うま》いなんて……。父さん、助け出せなくてご免なさい。おいら、強い男になります……。それからこっちは、母さん、死なせてしまってご免なさい。おいら、優しい男になります……。まあ、卓坊、おまえ、自分を責めていたの？　卓坊のせいじゃないんだよ。瞬《また》く間に火の手が上がったんだし、卓坊一人だけでも助かったのは、神仏のご加護と思わなくちゃならないんだよ」

おきちには、卓也の気持が痛いほどに解った。

糟喰《かすくらい》（酒飲み）の父嘉六《かろく》が、酒代欲しさに双子《ふたご》の兄三吉《さんきち》を陰間《かげま》に売り飛ばしてしまったとき、おきちは自分を責めた。

あたしがおとっつァんに捕《つか》まったとき、その手を振り切って逃げてしまわなかったら、あたしの代わりに、あんちゃんが陰間に売られることはなかった。

子供屋《こどもや》で耳が聞こえなくなるほど折檻《せっかん》されることはなかったんだ……。

自分だけ助かって、あたしはなんて薄情者《はくじょうもの》なんだろう……。

一年後、三吉が佃《つくだ》の切見世《きりみせ》から助け出されるその日まで、来る日も来る日も、おきちの胸を自責の念が揺さぶった。

が、心に深い疵を受け、耳が不自由になっても三吉は戻って来たが、卓也やおせん、勇次の肉親は、二度と、戻って来ないのである。

おきちの胸が熱いもので一杯になる。

が、そのとき、ふと、卓也の書いたもう一枚の短冊が目に留《と》まった。

早苗、あんちゃんらしいことをしてやれなくてご免よ。おいらに代わって、どうか、あの世で親孝行して下さい……。

おきちは堪《こら》えきれずに、ワッと声を上げ、前垂れで顔を覆った。

「おきちねえちゃん、大丈夫？」

「泣いちゃ駄目だ。おいねまで哀《かな》しくなっちゃうから……」

子供たちがおきちを案じて寄って来る。

おきちは子供たち全員を腕で抱え込むと、はらはらと涙を零《こぼ》した。

「皆、独りぼっちじゃないよ。女将さんも貞乃さまも善爺やさつきさんも、皆、皆、あんたたちを護るからね！　これからはあたしが皆を護って上げる！　ううん、あたしだけじゃないからね。

するとそこに、たった今、やっとこさっとこ短冊を書き上げたばかりの勇次が、貞乃に連れられ子供部屋から出て来た。

貞乃はおきちや子供たちの表情を見て、怪訝《けげん》そうに目を瞬《しばたた》いた。

「どうかしましたか？」

「あっ、貞乃さま……。あたし、子供たちの短冊を見ていたら、つい……」

おきちが慌てて目頭を拭う。

貞乃はふわりとした笑みを寄越した。

「短冊を書かせると、子供たちの性格や心境が手に取るように解りますものね。さあ、

　勇ちゃんの短冊も出来ましたよ。どこにつけようかしら……」

「えっ、勇ちゃん、たったの一枚？　見せて！　見せて！　えぇェ、あいたい……。なんだ、これだけ？　変なの！」

　おいねがひょっくら返す。

「おう、勇次、よく書けたじゃねえか！　上手《うめ》ェぞ。逢いたい……。たった一言でも、勇次の気持がよく出てるじゃねえか。これなら、おとっつァんやおっかさん、妹も悦んでくれるぜ！」

　卓也が勇次のおでこをちょいと小突き、笹に短冊を括りつける。

　あいたい……。

　これだけ書くのも、さぞや、不文字《ふもじ》の勇次には容易《たやす》くなかったであろう。

　だが、この四文字には、親や妹に逢いたいという勇次の純粋な気持、はたまた、これから先への期待や願望も込められていて、実に、奥の深い言葉である。

「これで、子供たちの短冊は全て笹につけ終えたことになります。後は、旅籠衆《はたごし》や茶屋衆《ちややし》、彦蕎麦の店衆《たなし》が各々一枚ずつ……」

「善爺やとめ婆さん、さつきさん、それに、貞乃さまやあたしもね」

「それで、おきちさんの短冊は？　おや、まだ書いていないのですか」

「そう言う貞乃さまだって！」

おきちと貞乃は顔を見合わせ、肩を竦めた。


おみのに権八から連絡が入ったのは、翌日のことであった。

この日は七夕とあって、歩行《かち》新宿《しんじゅく》、南北両《なんぼくりょう》本宿《ほんじゅく》の遊里は、飯盛女と一夜の逢瀬《おうせ》を愉しもうとする客で、どこも大盛況であった。

権八は人出の多いこんな日のほうが、却《かえ》って、人の目に立たないとでも思ったのか、十歳ほどの男の子を遣いに立て、正午、品川寺の境内に例のものを持ってくるようにと文を寄越した。

例のものとは、勿論《もちろん》、三十両である。

「正午にはまだ一刻《いっとき》（二時間）ほどありますわね。急いで、末吉を親分の元に走らせましょう。いいですね、打ち合わせ通りに、まず、わたくしがその男に逢いますので、おまえはわたくしに権八がどの男か知らせたら、すぐさま、物陰に隠れるのですよ。後は、わたくしと親分に委せるのです。ああ、どうしました？　そのように不安そうな顔をするものではありませんよ」
権八から遣いが来たと聞いたおりきは、平然とした顔をして、おろおろと狼狽《うろた》える
おみのを宥《なだ》めた。
「でも、あの男が何をしでかすか……。人を人とも思わないような男なんですよ。き
っと、懐に匕首《あいくち》を呑んでいるに違いありません！」
おみのが恐怖のあまり、片頬をビクビクと顫わせる。
「心配性ですね、おみのは。そんなにわたくしのことが信じられませんか？」
おりきが茶目っ気たっぷりに、目弾《めはじき》をして見せる。
思うに、おりきはこれまでに何人のごろん坊と対峙《たいじ》してきたことだろう……。
凄味《すごみ》を利かせて暴れる客や、旅籠に殴《なぐ》り込みをかけて来た渡世人《とせいにん》、中には、匕首や
小太刀《こだち》を振り回した者もいれば、妓楼《ぎろう》で飯盛女を人質に立て籠《こ》もった者もいる。
その悉くを、おりきは諄々《じゅんじゅん》と諭《さと》してみたり、ときには、父立木青雲斉《たちきせいうんさい》譲《ゆず》りの柔術《じゅうじゅつ》の
技《わざ》を用いて、なんとか切り抜けてきたのだった。
「信じています。信じているけど、心配で……」
おみのはそれでもまだ心配なのか、肩を丸めて顫え続けた。
正午近くになって、亀蔵が下っ引きの金太《きんた》と利助《りすけ》を連れて現われた。

「待たせたな。行こうか！」

亀蔵は島抜けした流人を挙げられるとあってか、意気軒昂《いきけんこう》としていた。

「まあ、鼻息《はないき》の荒いこと！　言っておきますが、おみの代理として、まず、わたくしがその男と話します。端から、親分が姿を現わしたのでは、逃げられるかもしれませんからね。その点、わたくしなら、女ごだと思って油断するでしょうから、その隙《すき》を見て、親分が出て下さればよいかと思います」

「おう、呑込山《のみこみやま》の寒烏《かんがらす》！」

そうして、品川寺の境内へと行ったのであるが、山門《さんもん》を潜ったところで、あっと、おみのがおりきの背に隠れた。

「あの男です。ほら、鐘楼《しょうろう》の下に立っている男……」

見ると、雲雀骨《ひばりぼね》（瘠《や》せた）で、遠目にも不人相《ふにんそう》な男が立っている。

男は粋《いき》がって弥蔵を決め、地べたの石ころを蹴《け》っていた。

「おみのはここで待っていなさい。親分、後を頼みましたよ」

おりきが鐘楼に近寄って行く。

男は見知らぬ女が近づくのを見て、驚いたように石を蹴るのを止めた。

「権八さんですね？」

権八は胡乱《うろん》な目をおりきにくれた。

「ああ、そうだがよ」

「わたくしは立場茶屋おりきの女将、おりきにございます。なんですか、あなたさまがおみのに用があるとのことですが、生憎《あいにく》、おみのは手が離せませんので、女将のわたくしが代理で参りました。それで、おみのにご用とは？」

権八は一瞬ほんとした顔をしたが、瞬く間に、その顔が怒りで真っ赤に染まった。

「ふざけやがって！　用が何かときやがってよ。おめえじゃ話にならねえ、おみのを出しな！」

「そうでしょうか。寧《むし》ろ、おみのでは話にならないのではありませんか？　おみのは旅籠の女中です。どんなに釈迦力になっても、せいぜい、細金《こまがね》を溜めるのが筒一杯《つついっぱい》……。しかも、先日、そのなけなしの三両をおまえさまは取り上げられた……。おみのがどんな想いをして、あの三両をこつこつと溜めてきたことか……。それなのに、更に、三十両とは！」

「ああ、そうけえ。なら、女将のおめえがおみのに代わって、払ってくれるというのかよ！」

おりきはふっと片頬を弛めた。

「何ゆえ、払わなければならないのでしょう」

「…………」

あっと、権八が目を点にした。

「口止め料とでもお言いですか？　けれども、当方には、おまえさまに口止めしなければならないことなどございません。おまえさまは兄のことでおみのを脅されたようですね。確かに、おみのの兄は罪を犯《おか》したかもしれません。けれども、既に流人となり、罪を贖《あがな》っています。しかも、おみの自身にはなんら罪がないのですよ。おまえさまはおみのに流人の兄がいることをあちこちで言い触らすとお言いになったそうですが、そうなさりたければ、どうぞ！　わたくしどもでは、一向《いっこう》に構いません。憚《はばか》りながら、わたくしども旅籠や茶屋には、流人の兄がいるからといって、おみのを後ろ指で指すような者は、誰一人としておりません。お客さまに知られたところで、それがなんになりましょう。これまで、おみのはどこに出しても恥ずかしくないだけの仕事をしてきました。お客さまの目は節穴《ふしあな》ではありませんからね。おみのという女ごの真価を知り、信頼していらっしゃいます」

「てめえ、この女《あま》が！　女ごだと思って大目《おおめ》に見てたら、いけしゃあしゃあと、言いてェ放題《ほうでえ》ほざきャあがってよ！」

権八が懐に手を差し込む。

案の定、匕首を呑んでいるようだが、おりきは一歩前に出ると、権八が懐から手を出すのと同時に、その手首を摑み、ぐいと外側に捻った。

そして、鳩尾《みぞおち》に当身《あてみ》を入れる。

権八の手からぽとりと匕首が落ちた。

「おっと、そこまでだ！　女将、済まなかったな。おう、権八、島抜けの罪でおめえをしょっ引くぜ！」

木陰《こかげ》で成り行きを見守っていた亀蔵と下っ引きが権八を取り囲み、押し倒して早縄《はやなわ》をかける。

「チクショウ！　嵌《は》めやがったな」

権八が忌々《いまいま》しそうにおりきを睨《ね》めつける。

「まっ、観念することだな。島抜けの罪は重《おめ》ェからよ。此度ばかりは、死罪は免れねえと思えよ。おっ、しょっ引きな！」

亀蔵が下っ引きたちに命じ、おりきに目まじして見せる。

「久々に、おめえさんのお手並《てな》み拝見ときたが、いつ見ても、惚《ほ》れ惚《ぼ》れするぜ！」

「止して下さいよ。すぐ傍に、親分がいて下さると思うから、度胸《どきょう》を据《す》えて伝法《でんぼう》なことが出来るのですよ」

おりきが照れたように顔を伏せる。

「女将さァん！」

山門の陰に隠れていたおみのが、小走りに寄って来る。

早縄をかけられた権八が、引っ立てられて行く。

権八はおみのを流し見ると、チッと舌を打ち、叫んだ。

「おみの、よく聞けや！　おめえの兄貴はもう生きちゃいねえ！　暴動の最中《さなか》、流人仲間に頭を叩き割られて、とっくの昔に、お釈迦になってらァ！　へっ、いい金蔓《かねづる》を摑んだと思ったが、墓穴《ぼけつ》を掘っちまったぜ。おう、腹立ち紛《まぎ》れにもう一つ教えてやるが、おめえの兄貴の頭を叩き割ったのは、この俺さまでェ！　どうだ、悔《くや》しいか！　ざまァみろってんでェ！」

「黙《だま》れ！　ひと言でも喋ってみな、おめえの舌を引っこ抜いてやるからよ！」

金太が権八の背中を蹴り上げる。

おみのはぎくりと脚を止め、わなわなと全身で顫えていた。

唇まで色を失い、顔面蒼白《がんめんそうはく》となっている。

おりきと亀蔵はおみのの傍に駆けつけた。

「おみの、気にするんじゃねえ！　奴ァ、引かれ者の小唄《こうた》を曰《のたま》ってるだけだからよ」

「そうですよ。おみの、あんな男の言うことなど信じてはなりませんよ」

おみのは両耳を塞《ふさ》ぎ、首を振り続けた。

「あんちゃんが……、あんちゃんが……。そんなの嫌だ……」

「おみの、気を鎮《しず》めて下さいな。ねっ、何もかも、終わったのですよ。さあ、帰りましょうね」

おりきはおみのの身体を抱えるようにして、耳許で囁いた。

おみのが脚を引きずるようにして、歩き出す。

おりきは亀蔵に先に行ってくれと目まじすると、おみのを庇うようにして、旅籠へと戻った。

旅籠に戻ってからも、おみのは魂《たましい》を抜き取られたかのように、茫然《ぼうぜん》としていた。

ようやく、ぼつぼつと話し始めたのは、おりきの点《た》てた茶を一服した後のことである。

「幼い頃の兄は多少利かん気でしたが、百姓仕事を手伝い、姉やあたしの面倒もよく見てくれました。それが、草刈鎌《くさかりがま》で左手に大怪我をして以来、兄の性格が変わってしまって……。左手の指を三本失っちまったもんだから、これじゃ、真面《まとも》に百姓仕事が出来ねえと権八に唆《そそのか》されて、ごろん坊の仲間になったのです。指がなくったって、片手だけでも百姓仕事は出来るのに、元々、兄は土に塗《まみ》れて働くのが好きではなかったのでしょうね。そのうち、村人から白い目で見られるようになり、そうなると、ますます意固地《いこじ》になって、悪さの限りをするようになりました。けど、あたしには優しかった……。兄とは歳が離れていたので、それだけにあたしが可愛く思えたのか、時々、玩具《おもちゃ》や菓子を買ってきては、そっとあたしを家の外に呼び出し、おとっつァんたちには内緒だぜって……。あたし、兄から貰ったものを納屋に隠していました。おとっつァんに知られると、あんな男はうちの息子じゃねえ、二度と、あいつを寄せつけるんじゃねえと言って、何もかもを捨てられたからです。押し込みで捕まったときも、おとっつァんは完全に無視しました。流人船が出る日、あたし、おとっつァんに内緒で、姉と二人で永代橋《えいたいばし》まで見送りに行きました。沖に停泊《ていはく》した、るにんせん、と書かれた船に、小舟で送られていく兄……。それが、兄を見た最後でした。遠目に見ただけで、言葉を交わすことも出来なかったけど、きっと、いつか真っ当な男になって、兄が帰って来る……、あたし、今日の今日まで、そう信じていたんです。そのときのために と、極力始末して、少しでもお金を溜めておいてあげよう……、そう思っていたんで す。けど、その兄がもうこの世にいないなんて……。権八が兄の頭を叩き割っただな んて……」

おみのの頰を涙が伝った。

「そのことは、親分に頼んで調べてもらいましょう。あの男の言ったことは、悔しさ余っての引かれ者の小唄、嘘ということも考えられますでしょう？　だから、本当のことが判るまで、お兄さまは生きている、いつの日にか、ご赦免となって戻って来る……、そう信じていましょうよ」

「そうですよね？　ああ、そうあってほしい……」

「そうだわ、おみの、おまえはもう短冊を書きましたか？」

「いえ、今朝から、権八のことで頭が一杯で、とてもそんな気持になれなかったもので……」

「わたくしもまだなのですよ。では、これからここで書きませんか？　もう昼過ぎだというのに、わたくしたちだけがまだ短冊を書いていないと知ったら、子供たちが臍《へそ》を曲げるでしょうからね」

おりきが硯箱《すずりばこ》と短冊を運んで来る。
そうして墨を磨《す》ると、さあ、とおみのに短冊と筆を手渡す。
おみのは暫《しば》し考えていたが、さらさらと短冊に筆を走らせた。
おみのが立場茶屋おりきに来て、十二年……。
現在《いま》では、なかなかの能筆《のうひつ》である。
おりきもおみのに倣《なら》い、筆を走らせた。
末永く、皆が支え合い、息災でありますように　　おりき
そして、もう一枚……。
いつの日にか、おみのとお兄さまが再会できますように　おりき
「おみのはなんて書きました？」
そう言うと、おみのは寂しそうに笑い、そっと短冊を差し出した。
あんちゃん、生きていて下さい。逢いたい　　おみの
おりきの目頭がカッと熱くなった。
勇次が初めて書いた短冊には、あいたい……とあったという。
そして、おみの……。
あんちゃん、生きていて下さい。逢いたい、逢いたい……。

七夕の笹竹に短冊を結びつけることを願《ねがい》の糸というが、牽牛と織女のように、年に一度であったとしても、またそれが幻《まぼろし》であったとしても、各々が逢いたいと思う人に逢うことが出来たならば……。

が、おりきは衝《つ》き上げる熱いものを払うと、態と明るく言った。

「さあ、笹竹に短冊をつけに参りましょうか！」

夏の果《はて》

つい先日、品川宿《しながわしゅく》門前町《もんぜんちょう》の町並をお迎い、お迎い、とお迎え屋が精霊棚《しょうりょうだな》の供物《そなえもの》を集めて廻《まわ》ったばかりというのに、今日はもう土用《どよう》の丑《うし》である。

そのため、まだ口開けしたばかりというのに、この日の立場《たてば》茶屋《ぢゃや》おりきの茶屋では、鰻重《うなじゅう》目当ての客で立て込み、空席待ちの客にと用意された表の縁台《えんだい》までが満席といった有様であった。

「八番飯台、鰻重三丁、蒲焼《かばやき》一丁、白焼《しらやき》二丁肝吸《きもすい》四丁、銚子《ちょうし》四本！」

「五番飯台、鰻重四丁、上がったぜ！」

「肝吸は？　五番飯台は肝吸も四丁だよ」

「二番飯台、鰻重二丁、蒲焼二丁！」

茶立女《ちゃたておんな》たちが口々に配膳口から板場へと注文を通し、中から、板場衆《いたばし》の威勢のよい声が返ってくる。

常なら、まだこの時間帯、注文の殆《ほとん》どが朝餉膳《あさげぜん》だというのに、この日ばかりは、来る客来る客、それが当然といった顔をして、鰻を注文するのだった。

一体全体、七月の土用の丑に鰻を食べるという風習は、いつから始まったのであろうか……。

此《こ》の中《じゅう》、屋台の鰻売りや鰻専門の見世《みせ》ばかりか、立場茶屋や小料理屋でも、この日ばかりは競《きそ》ったように鰻料理を出すようになっている。

とはいえ、土用鰻と銘打《めいう》ち、立場茶屋おりきで積極的に売り出すようになったのは、三年ほど前からである。

当初は、うちは鰻屋じゃねえ、と土用鰻を前面に立てることに難色《なんしょく》を示していた茶屋の板頭《いたがしら》弥次郎《やじろう》が、茶屋番頭の甚助《じんすけ》の説得に根負けした恰好《かっこう》で、土用鰻、と店頭に貼《はり》紙《がみ》を出したところ、鰻を焼く芳《こう》ばしい匂《にお》いに誘《さそ》われて、半刻《はんとき》（一時間）もしないうちに、用意した三十匹の鰻が売り切れてしまった。

すると、客からは苦情の嵐……。

「なんでェ、鰻はもうねえって？　今日は土用の入《いり》だぜ。じゃ、あの貼紙はなんだというのよ！」

「鰻が皆《みな》になったって？　まだ、昼過ぎじゃねえか。もっと仕入れとけってェのよ！」

「おう、帰《けえ》ろうぜ！　鰻がねえのなら、どこか他を当たるよりしょうがあるめえ」

客の心理とは妙なもので、他人《ひと》が食べているのを見ると意地でも食べたくなり、では、他のもので間に合わせようとは思わない。

そのため、この日の茶屋の売り上げは、さんざんなものだった。

それで、翌日は前日の倍とはいわず、思い切って百匹仕入れたところ、これも完売……。

結句、夏の土用の入から立秋まで、土用鰻を前面に立てることになったのであるが、中でも丑の日だけは、猫も杓子《しゃくし》も、鰻重、鰻重……。

板頭の弥次郎は汗を滴《したた》らせながら焼方《やきかた》に務め、井戸端では、日がな一日、板脇《いたわき》の新《しん》次《じ》が鰻を捌《さば》くのに余念がなかった。

「朝餉膳一丁、鰻重一丁！」

奥の八番飯台から戻って来たおまきが、配膳口から板場に注文を通す。

五番飯台の鰻重を運ぼうとしていたおくめが、えっと、驚いたようにおまきを見る。

「朝餉膳だって？　おまえ、聞き違いじゃないのかい？」

案の定、板場のほうでも驚いたようである。

「なんだって？　朝餉膳だって！　おう、誰か手の空《す》いた奴はいねえのかよ。そうだ、又三《またぞう》、朝餉膳はおめえに委《まか》せたぜ！」

弥次郎が追廻《おいまわし》の又三を振り返る。

「おいらが……」

又三が物怖《ものお》じしたように、後退《あとじさ》る。

「おう、おめえのことよ。他の者は手一杯だ。そのくれェ、見りゃ解《わか》るだろうが！　おめえもよ、洗い物ばかりじゃなくて、そろそろ、一人前《いちにんめえ》に朝餉膳くれェ作ったっていいんだ。煮染《にしめ》や味噌汁《みそしる》は作ってあるし、表の七輪《しちりん》で鮭《しゃけ》を焼き、後は、納豆《なっとう》や漬物《つけもの》をつければいいんだからさ！」

弥次郎にどしめかれ、又三は亀のように首を竦《すく》めた。

「又三、大丈夫だろうか……」

板場の会話を聞きつけ、女中頭のおよねが心配そうに眉根《まゆね》を寄せる。

「いいってことさ！　又三にしてみても、年百《ねんびゃく》年中《ねんじゅう》、野菜や皿を洗ってるより、たとえ一人前でも、朝餉膳を委せられるほうがいいに決まってる。けど、こんな日に朝餉前とはさ……。正《まさ》な話、あたしなんて、今日ばかりは、うちに朝餉膳があったことすら忘れてたんだからさ！」

おくめがひょうらかしたように言うと、およねが、これ、おくめ！　と目で制す。

「い、い、いぇ、うちが立場茶屋だということを、忘れてもらっちゃ困るよ！」

おまきも慌てて弁解する。

「八番飯台のお客さま、鰻のようにに長くてにょろにょろしたものが、お嫌《きら》いなんですって……」

「そりゃそうさ。穴子《あなご》も気色《きしょく》悪いと食べない者がいるんだからさ。土台《どだい》、土用に鰻を食べなきゃ江戸者じゃないなんて風潮がおかしいのさ！」

「おや、そうですかね！　鰻に目のないおよねさんの言葉とは、とても思えませんけどね」

「てんごう言っていないで、さっさと運んで来な！　おまき、五番飯台にお茶をお持ちして……。おや、お帰りにございますか？　お勘定は帳場のほうでお願いします。またどうぞ、ご贔屓《ひいき》に！」

およねが席を立った客に声をかけ、おなみに飯台の上を片づけるように命じると、空席待ちの客を呼び入れようと表に出て行く。

「お待たせしました。三名さまのお席が用意できましたので、さっ、中にどうぞ！」

およねは客を案内すると、板場に注文を通し、板場脇の通路へと出て行った。

又三が気になったのである。

又三は七輪に火を熾《おこ》していた。

「もう、火はそのくらいでいいだろう。先に焼網《やきあみ》を載《の》せて、少し焙《あぶ》って、それから鮭およねは口出しをしないつもりでいたのだが、老婆心《ろうばしん》から、つい、差出《さしで》する。

又三は先に茶屋の追廻をしていた、又市《またいち》の弟である。

茶屋が火災に遭《あ》った際、再建するまでの繋《つな》ぎにと、店衆《たなし》を各々知己《ちき》の見世に預けたのだが、又市は預けられた歩行新宿《かちしんじゅく》の山吹亭《やまぶきてい》で苛《いじ》めに遭い、結句、賭場《とば》の走りにまで追いやられて、不慮《ふりょ》の死を遂《と》げてしまったのである。

おりきは又市の死に責任を感じた。

それで、叶《かな》わなかった兄の夢を継《つ》ぎたいという又三を、立場茶屋おりきで預かることにしたのである。

そんな経緯《けいい》があるせいか、おりきは無論《むろん》のこと、およねも又三のことが気懸《きが》かりでならなかった。

又三はどこかしら不器《ぶき》で鈍臭《どんくさ》かった又市に比べ、利発《りはつ》で手先も器用のように思えたが、板前の仕事は、まずは追廻から始まる。

その又三が茶屋の追廻となって、もう間なしに、三年……。

今日初めて、朝餉膳を委されるのであるから、およねまでが緊張するのだった。

飽《あ》くまでも、粗相《そそう》のないように……。

およねは居ても立ってもいられない想《おも》いだった。

「あっ、およねさん……」

又三が振り返り、照れたような顔をする。

「ご免《めん》よ。余計な口を挟《はさ》んじまったね」

およねは挙措《きよそ》を失い、引き返そうとした。

すると、そこに、旅籠《はたご》のほうから善助《ぜんすけ》が杖《つえ》をつきながらやって来る。

「おや、善爺《ぜんじい》、どうかしたのかえ？」

「大番頭さんから、こいつを茶屋番頭に渡すようにと言われてよ」

善助が巾着袋《きんちやくぶくろ》を掲《かか》げて見せる。

どうやら、釣銭《つりせん》の細金《こまがね》のようである。

「じゃ、あたしが渡しておこうか？」

「いや、おめえは早《はえ》ェとこ大広間に戻りな。今日は盆と正月が一遍《いっぺん》に来たみてェな忙しさだろうが！　なに、俺もよ、身体《からだ》を慣《な》らすために、少しは動いたほうがいいんだ」

「そうかい。俄《にわか》に子供たちの数が増えて、善爺もまた一踏ん張りしなくちゃならなくなったんだもんね。じゃ、先に行くよ！」

　およねはそう言うと、カタカタと下駄《げた》を鳴らし、大広間へと戻った。

　案の定、大広間は席の温まる暇《ひま》がないほどの忙しさだった。

「八番飯台、鰻重三丁、上がったぜ！」

「蒲焼一丁と白焼二丁は？」

「そいつァまだだ。もう少し待ってもらいな。ほい、肝吸四丁だ！」

　およねが鰻重と肝吸を盆に載せ、奥の八番飯台へと運んで行く。

「お待たせしました。蒲焼と白焼はもう暫《しばら》くお待ち下さいませ」

「しょうがねえな。じゃ、銚子を後二本貰《もら》おうか」

「畏《かしこ》まりました」

　そうして、配膳口に戻ろうと目を返すと、甚助と話を終えた善助が、八番飯台を指差し、狐《きつね》にでもつままれたかのような顔をして、お、お、お、お……と口籠《くちご》もっているのが目に入った。

　およねは慌てて上がり框《かまち》まで駆け戻った。

「善爺、どうしちまった！」

「おこま……。おこまだ。ああ、やっぱ、おこまは死んじゃいなかったんだ……」

「善爺、何を言ってるんだい！　えっ、おこまって、誰？」

そう言いながらも、善助が指差す方向へと目をやる。

大広間は真ん中が通路となっていて、入り側から一番、二番……と奥に向かって左右に長飯台《ながはんだい》が並列しているのだが、左側の一番奥がたった今およねが鰻重を運んだ席で、その反対側、右の長飯台にいるのが、担《にな》い売りらしき男二人と、四十がらみの不《ふ》人相《にんそう》な男、そして、凡《およ》そ、その場に相応《ふさわ》しくない十六、七の娘だった。

どうやら、善助が指差しているのは、その娘のようである。

隣に坐《すわ》った男は、どう見ても娘の肉親には見えない。すると、もしかすると、男は女衒《ぜげん》で、娘を妓楼《ぎろう》に売りに行く途中なのかもしれない。

だとすれば、男はこれから入る金を当てにして、その前に腹拵《はらごしら》えをと土用鰻を奮発《ふんぱつ》する気になったのであろうか。

ということは、鰻を気色悪がり、朝飾膳を頼んだのは、あの娘……。

咄嗟《とっさ》に、そんな想いがおよねの頭の中を駆け抜けた。

「おこま……、俺だ、善助だ！」

善助がヨタヨタと上がり框から大広間へと上がって行く。

あっと、およねは息を呑《の》んだ。

一体、何をするつもりなのだろう……。

が、善助は左足を引き摺《ず》り、蹌踉《よろ》めきながら、八番飯台へと寄って行く。

そのとき、突然、およねの身体に稲妻《いなずま》が走った。

止《と》めなければ……。

およねは左右の客に気を配りながら、後を追った。

そんな二人の姿を、何事が起きたのか解らないおまきやおくめ、おなみといった茶立女が、啞然《あぜん》としたように瞠《みつ》めている。

だが、およねが追いついたときには、既に遅かった。

善助が通路側の席に坐った少女に抱きついたのである。

「キャッ!」

少女の悲鳴が大広間の中に響き渡った。

「てめえ、この爺《じじい》が! 何をしやがる!」

少女の隣に坐った男が立ち上がり、善助を突き飛ばす。

左半身が不自由な善助の身体は、ひとたまりもなく床にたたきつけられた。

「この助平爺《すけべえじじい》が! とち狂いやがって!」

男は蓑虫《みのむし》のように身体を丸めた善助の腹に、蹴《け》りを入れた。

大広間が騒然となった。

「お客さま、お止《や》め下さいませ！　年寄りのしたことです。どうか、気をお鎮《しず》め下さいませ……」

およねが善助の前に立ちはだかり、男に向かって、手を合わせる。

「何が年寄りのしたことかよ！　土台、どこの世界に、焼廻《やきまわ》っちまった爺が小娘に手を出そうかよ。おう、一つ訊《き》いてェが、ここは飯や酒を出す白店《しらだな》じゃなかったのかよ！　それが、娘っ子がおちおち飯も食えねえような見世だとはよ。ヘン、立場茶屋の名が廃《すた》らァ！」

「申し訳ありません。申し訳ありません……。この者には、よく言って聞かせますので……」

およねが床に頭を擦《す》りつけるようにして、何度も、頭を下げる。

「この者だと？　ほう、この爺は見世の者か……。となると、話が違う！　謝って済む話じゃねえことくれェ、解ってるだろうが！」

男は咄嗟に状況を判断したようで、開き直った。

そこに、知らせを聞いて駆けつけた、おりきが割って入る。

おりきはつと威儀《いぎ》を正すと、深々と頭を下げた。

「立場茶屋おりきの女将《おかみ》にございます。なんですか、見世の者がお客さまに大層失礼なことをしたそうで、誠に申し訳ありませんでした。お客さま、茶屋はご覧《らん》のように立て込んでおります。宜《よろ》しければ、奥の旅籠までご足労願えませんでしょうか。当方の失態は重々承知しておりますゆえ、改めて、お詫《わ》びをさせていただきとうございます」

男はおりきの慇懃《いんぎん》な態度に、一瞬、気を呑まれたようだったが、四囲《しい》を見回すと、ヘンと片袖《かたそで》をたくし上げ、虚勢《きょせい》を張って見せた。

「そうしてェところだが、先を急ぐんでよ。まっ、解りャいいのよ、解りャな！」

「さようにございますか。では、早々に、お膳《ぜん》の仕度《したく》をさせましょう。本日のところは、当方に馳走《ちそう》させていただくことにして、ご注文の品の他に、ご酒《しゅ》なども仕度させますが、宜しゅうございますわね」

おりきがそう言うと、男は勿体《もったい》ぶったように、ああ、まあな、と呟《つぶや》いた。

善助がおよねに支えられ、魂《たましい》を抜かれたような顔をして、去って行く。

おりきは少女に目を戻すと、申し訳なかったわね。お許し下さいね、と囁《ささや》いた。

少女は丸顔で、木目込《きめこみ》人形のようにおぼこな顔をしていたが、おりきに瞠められ、ぽっと頬《ほお》に紅葉《もみじ》を散らした。

「朝餉膳を注文なさったそうね。では、卵もおつけしましょう。甘い物はお好きかしら？ 板場に食後の甘味《かんみ》をつけるように言っておきますので、ゆっくりと召し上がって下さいね」

「有難《ありがと》う……」

少女は照れたように、ふっと頬を弛《ゆる》めた。

板場に八番飯台の銚子と追加の品を告げると、甚助の傍《そば》に寄って行く。

「善助に一体何があったのですか？」

「へえ、それが……。正な話、あっしにも何がどうなったのか……。あっしに釣銭を渡して、一言二言、客の入りはどうかとか、忙しいってこたァいいこったとか話して、それじゃ、と振り返った途端《とたん》、善爺の様子がおかしくなっちまってよ。奥を指差して、おこま、おこま、おめえ、生きてたのかって……。あっしにゃ、なんのことだか一向《いっこう》に……」

甚助が途方《とほう》に暮れたような顔をする。

おりきの胸がきりりと疼《うず》いた。

が、敢《あ》えて、平然と甚助に目を戻すと、

「そうですか。解りました。いいですか、この件に関しては、全《すべ》てを忘れて下さい。茶屋衆《ちゃやし》にもそのように伝え、今後一切《いっさい》、触《ふ》れてはならないと釘《くぎ》を刺しておいて下さいね」

と言った。

「いらっしゃいませ！　三名さま、どうぞ！　ご案内します」

大広間には、何事もなかったかのような賑《にぎ》わいが戻っている。

おりきはやれと肩息《かたいき》を吐《つ》くと、およねの傍で顫《ふる》える善助の元へと寄って行く。

「善助、さあ、旅籠に戻りましょうね」


「女将さん、俺《おり》ャ、もう駄目だ……。焼廻っちまったなんて半端《はんぱ》なもんじゃなく、頭の中に、鬆《す》が立っちまってるんだからよ。一体全体《いってえぜんてえ》、どうして、あんなことになっちまったんだか……」

帳場に戻ると、善助はがくりと肩を落とし、おりきに虚《うつ》ろな目を向けた。

「あの娘さんが亡くなったおこまさんに見えたのね？　そうですか、おこまさんて、あのような愛らしい顔をなさっていたのですね」

「けどよ、善爺、如何《いか》にその娘がおこまに似ていたからって、考えてもみな？　あれから三十年以上もたってんだぜ。仮に、生きていたとしてもよ、当時、十五歳だったおこまがいつまでも娘っ子のはずがねえだろうに……。四十路半《よそじなか》ばだぜ。そんなこたア、あすなろ園の餓鬼《がき》でも解るってェのに、正な話、一体《いってえ》、どうしちまったんだよ！」

達吉《たつきち》も苦虫《にがむし》を嚙《か》み潰《つぶ》したような顔をする。

「俺ャ、穴があったら入《へえ》りてェ……。疾《と》うの昔に、おこまの顔なんざァ忘れちまってたというのに、あの娘っ子を見た途端、ふっと目の前におこまが現われてよ……」

「そうですか……。確かに、面差《おもざ》しはもう思い出せないかもしれませんね。けれども、善助の心の中には、未《いま》だに、おこまさんへの悔《く》いの念が深く根を下ろしている……。だから、当時のおこまさんと同じくらいの歳《とし》で、殊《こと》に、あのように風体《ふうてい》の悪い男に連れられた娘を目にすると、女衒に連れられ、新吉原へと売られて行ったおこまさんの姿と重なってしまうのでしょうね」

おりきがそう言うと、達吉もうーんと腕を組む。

「それによ、善爺は心の片隅《かたすみ》に、未だ、おこまがどこかで生きているのじゃなかろうかという、一縷《いちる》の望みを抱えているんだろうが、おこまは女衒の手を振り切って、散《さん》茶舟《ちゃぶね》から山谷堀《さんやぼり》に身を投じたんだぜ。終《つい》しか、おこまの遺体は上がってこなかった……。おめえ、おこまの行方《ゆくえ》を捜《さが》し、二年以上も、風吹烏《かざふきがらす》となって大川端《おおかわばた》を彷徨《さまよ》ったんじゃねえか！　そんなとき、先代の女将に拾われて立場茶屋おりきの下足番《げそくばん》になったんだが、あんとき、先代に拾われてなかったら、現在《いま》のおめえはいなかった……。あのままじゃ、おめえも野垂《のた》れ死にをしていたかもしれねえんだぜ。俺ャよ、あの時点で、善爺はおこまへの未練を断ち切ったと思っていた……。けど、そうじゃなかったということなんだな？」

「未練が残ってるわけじゃねえんだ。悔いが残ってるんだよ。俺が手慰《てなぐさ》みに嵌《はま》らなかったら、まだ十五歳の、うら若《わけ》ェおこまを借金の形《かた》に取られるこたァなかったんだ。おこまはよ、生駒屋《いこまや》の旦那がこの俺を信頼して、見世と娘を頼むと託《たく》してくれたんだ。それなのに、俺ャ、手慰みになんか嵌っちまい、見世もおこまも失っちまった……。おこまはよォ、旦那が四十路を過ぎて初めて授《さず》かった、目の中に入れても痛くねえほど、溺愛《できあい》して育てられた娘だ。世間知らずでよ……。そんなおこまだ……。まさか、亭主となった俺に裏切られ、女郎《じょろう》に売られる羽目《はめ》になるたァ、思ってもみなかったに違《ちげ》ェねえ……。俺ャよ、あいつが可愛《かわい》くてよ。だから、仮祝言《かりしゅうげん》を挙《あ》げても、大切《てえせつ》なあいつの身体を汚したくなくって、大人になるまで、指一本触れちゃならねえと思ってたんだ……。それなのに、俺の不始末で、女郎に売られる羽目になっちまったんだからよ。おこまが山谷堀に飛び込みたくなったところで、無理はねえ……。俺が……、この俺が、おこまを殺しちまったんだ。忘れられるわけがねえだろうに！」

善助が腰の手拭《てぬぐい》を外《はず》すと顔に当て、おいおいとしゃくりあげる。

善助が神田鍛冶町《かんだかじちょう》の小間物屋《こまものや》、生駒屋の入り婿《むこ》となったのは、三十年以上も前のことである。

生駒屋の一人娘おこまは、当時、十歳……。

まだ月のものも見ず、どちらかといえば人形遊びをしているほうが似合うそんな娘だったが、四十路を過ぎて初めて子に恵まれた主人《あるじ》の喜八《きはち》は、なんとか自分の目の黒いうちに、おこまの行く末を見届けておきたいと思ってか、二人の仮祝言を急いだ。

翌年、喜八と内儀が立て続けに亡くなり、善助は名実《めいじつ》ともに生駒屋の主人となったのであるが、おこまは妻とは名ばかり……。

善助は家事も真面《まとも》に熟《こな》せないおこまのために、新《あら》たに賄《まかな》いの婆《ばあ》さんや小僧まで雇《やと》わなければならなくなり、寧《むし》ろ、掛かり費用は舅《しゅうと》夫婦が生きていた頃よりも増えることとなったのである。

そのため、善助は以前にも増して身を粉《こ》にして働いた。

お陰で、商《あきな》いのほうは順調に伸び、出入りの旗本屋敷の数も増えたのであるが、気の弛みから、気づくと、中間《ちゅうげん》部屋の盆茣蓙《ぼんござ》でちょぼ一（博奕《ばくち》）に興《きょう》ずるようになっていた。

根が真面目《まじめ》な人間ほど、一度《ひとたび》、手慰みの魅力に取りつかれると、底なし沼に脚《あし》を取られたようなもので、抜け出すことは至難《しなん》の業《わざ》といわれるが、善助も例外ではなかった。

はっと気づいたときには、見世の権利まで奪われて、丸裸《まるはだか》……。

生駒屋は喜八から譲《ゆず》り受けた掛け替えのないものであり、言ってみれば、おこまのものなのである。

なんとしてでも、見世を護《まも》らなければ……。

そんな善助の耳許《みみもと》に、才取《さいとり》（売買、金の貸借の間に入り、口銭《こうせん》を取る者）狐火《きつねび》の団平《だんぺい》が囁いた。

「おめえよ、見世を取り戻す方法がまだ一つ残ってるぜ、嬶《かかあ》を担保《たんぽ》にもう一勝負してみねえか」

あっと、善助は息を呑んだ。

そんなことが出来るはずもない……。

だが、見世を奪われ、路頭《ろとう》に迷うことになったとすれば……。自分一人なら、野宿をしてでも生きていけるが、乳母日傘《おんばひがさ》で育った苦労知らずのおこまに、雨露凌《あめつゆしの》ぐ場所もない生活は強《し》いられない。

こうなりゃ、おこまを担保に金を借り、もう一勝負するより他に方法がねえ……。

善助は運を天にまかせ、狐火の団平から二十両を借りた。

ところが、二十両は瞬《また》く間に露と消え、善助はおこまを担保に借りた二十両と、見世を担保に借りた二十両、締《し》めて、四十両の借金を作ってしまったのである。

結句、何も知らないおこまは行楽にでも行くかのように無邪気《むじゃき》な顔をして、女衒に連れられ、散茶舟に乗った。

「善さんも行こうよ！　なんで一緒に行かないのさァ」

そんなふうに、舟の上から手を振り続けた、おこま……。

善助の耳底には、現在《いま》もしっかと、少し鼻にかかったおこまの声がこびりついている。

おこまが身の危険を感じたのは、散茶舟が日本堤《にほんづつみ》に差しかかったときだという。

突然騒ぎ出したおこまに、女衒は情け容赦《ようしゃ》もなく、無情《むじょう》な言葉を浴《あ》びせかけた。

「この置いて来坊が！　てめえ、亭主に売られたのも知らねえのかよ。諦《あきら》めな。じたばたしたって、もう手後《ておく》れでェ！」

おこまはそれでも抗《あらが》った。

「だったら、あたし、おとっつァんやおっかさんの所に行く！　善さんなんか大嫌いだ！」

おこまはそう叫ぶと、ひらりと山谷堀に身を投じてしまったのである。

知らせを聞き駆けつけた善助は、来る日も来る日も、山谷堀から大川端にかけて、気が狂ったようにおこまの名を叫び、彷徨った。

が、終しか、おこまの遺体は上がらなかったのである。

いっそ、自分も大川に身を投じてしまおうか……。

何度、そう思ったことだろう。

だが、遺体が上がらないということは、誰かに助け出され、おこまがまだこの世に生きている可能性があるということなのである。

やっぱ、おこまの安否《あんぴ》を確かめるまで、俺ャ、まだ死ねねえ……。

死んでけりをつけてしまうほうが楽かもしんねえが、そんな安易《あんい》な道を選んじゃならねえ。俺ャ、重責《じゅうせき》を背負《せお》ったまま苦渋《くじゅう》の中で生き続け、生涯《しょうげえ》、おこまに詫びを言い続けなくちゃならねえんだ……。

善助は取り憑《つ》かれたように、連日、おこまを探し続けた。

今になって思うに、あのとき、先代のおりきに出逢《であ》わなければ、日傭《ひよう》の土方仕事をしながらおこまを捜し歩くのにも疲弊《ひへい》し、達吉が言うように、どこかで野垂れ死にをしていたかもしれない。

「生まれ変わった気持で、うちで働いてみるかえ？　うちは立場茶屋おりきといって、茶屋と旅籠を営《いとな》んでいますが、旅籠のほうなら、下足番として、薪割《まきわ》り、水汲《みずく》み、雑用と、仕事なら幾らでもありますからね。但《ただ》し、来てもらうからには、これまでのことは綺麗《きれい》さっぱり忘れることだ。おまえさん、おこまさんが見つかるかもしれないので、大川端を離れられないと言いなすったが、不憫《ふびん》とは思うが、遺体が上がることはこれられないだろう。だからといって、生きているとも思えない。ならば、しっかりと現実を瞠め、供養《くよう》をして上げることだね。供養はどこでだって出来るからね。品川宿には、水難や、行き場のない可哀相《かわいそう》な人を祀《まつ》った寺もありますからね」

あのとき、先代のおりきはそう言ってくれたのである。

あれから三十数年……。

現在《いま》では、面差しを思い出そうにも、すっかり虚ろとなってしまったが、善助の胸の中には、おこまへの想いがしっかと生きている。

「やっぱ、俺ャ、あんとき死んじまったほうがよかったんだろうか……。生涯《しょうげえ》、おこまへの罪悪感を背負って生きていくつもりだったのによ。先代や達ァん、そして女将さん、おうめたち皆に支えられてよ……。三吉《さんきち》という孫みてェな餓鬼にも出逢えた。こんなに温けェ環境の中で、何度、有難《ありがて》ェ、幸せだ、と感じたことか……。けど、その度《たんび》に、おこまを死なせちまったというのに、俺だけが幸せに浸《ひた》るとは、なんて罰当《ばちあ》たりなんだろうかと煩悶《はんもん》してよ……」

　善助が肩を顫わせる。

「善助、そんなふうに自分を責めるものではありません。おまえはよく供養をしてきたではありませんか。おこまさんの月命日には、必ず、海蔵寺《かいぞうじ》にお詣《まい》りしていることを知っていますよ。ですから、おこまさんに詫びる気持は、もう充分に、伝わっていると思います。それにね、有難い、幸せだと思って、それのどこが悪いのでしょう。人には、辛《つら》さや哀《かな》しさがある分だけ、嬉《うれ》しさや幸せもある……。それが、生きるということなのです。人は独《ひと》りでは生きていけません。他人《ひと》と関わりながら生きていき、その中から、そういった感情が生まれるのですが、現在《いま》の善助に辛さより幸せだと思う気持のほうが強いのだとしたら、それは、善助が他人により多くの幸せを与えてきたことへの答えなのですよ。おこまさんを忘れなさいとは言いません。思い出して上げることが、供養に繫がるのですもの……。けれども、自分を責めるのは、もうお止しなさい。きっと、おこまさんはとっくの昔に善助のことを許してくれているでしょうからね」

おりきはそう言うと、さあ、お茶をお上がり、と善助の前に湯呑《ゆのみ》を置く。

善助は手拭で涙を拭うと、チーンと洟《はな》をかんだ。

「おう、善爺、調子が出て来たじゃねえか！　そうそう、それでこそ、いつもの善爺だ。茶を頂《いただ》いたら、早《はえ》ェことあすなろ園に帰《けえ》ってやらねえと、子供たちが心配《しんぺえ》してるぞ！　おっ、そう言ャ、勇次《ゆうじ》という餓鬼ャ、滅法界《めっぽうかい》、拗《ひ》ねこびた餓鬼だというが、卓《たく》也《や》の言うことと、どういうわけか、善爺の言うことだけには素直に従うって？　貞乃《さだの》さまの話じゃ、善爺もまんざらでもない顔をしているっていうが、おめえ、勇次に三吉を重ね合わせてるんじゃなかろうな？　悪《わり》ィこたァ言わねえ、止《や》めときな。勇次は三吉のように素直でもなければ、心根《こころね》の優《やさ》しさもねえ！　それによ、入れ込みすぎると、離れなきゃならなくなったときが辛《つれ》ェからよ。その想いは、三吉や芳坊《よしぼう》で懲《こ》りたと思うが、違うかよ」

達吉が仕こなし顔に言う。

「置きャあがれ！　如何に大番頭だろうが、そんなことを言われたんじゃ、黙っていられねえ。誰が勇次に三吉を重ね合わせてるだって？　てんごう言うのも大概《てえげえ》にしてもらいてェや！　三吉はよ、俺にとっちゃ、特別な子なんだよ。考えてもみな？　十歳やそこらで、あれほど辛酸《しんさん》を嘗《な》めた子が、どこにいようか……。母親と姉貴を胸の病《やまい》で亡くしちまってよ、おまけに、糟喰《かすくらい》（酒飲み）の父親《ておや》に陰間《かげま》として売り飛ばされ、双子《ふたご》のおきちとは離れ離れ……。挙句《あげく》、子供屋《こどもや》で折檻《せっかん》されて、耳まで聞こえなくなっちまったんだからよ。それなのに、あいつァ、てめえの不遇《ふぐう》を嘆《なげ》こうともしねえばかりか、じっちゃん、じっちゃん、と俺を慕《した》ってくれてよ。俺の下《もと》で一人前《いちにんめえ》の下足番になろうと励んでくれたんだ。俺ャよ、三吉に何もかもを託そうと考えてたんだ……。だが、三吉にゃ、絵師としての才能があった。だったら、生涯《しょうげえ》、下足番として過ごすより、一廉《いっかど》の絵師として身を立てたほうが三吉のためになる……。だからよ、俺ャ、心《しん》からそう思って、三吉を京に送り出したんだ。そんな三吉だ。勇次や芳坊が、取って代われるわけがねえだろうが！　それによ、もう一つ言っとくが、人間、生まれついての悪《わる》はいねえからよ。勇次はよ、現在《いま》、てめえだけが助かったことで、苦しんでるんだよ！　長《なげ》ェ目で見てやるんだな。親や大人に刃向《はむ》かうような子は、他人《ひと》には解らねえ繊細《せんさい》な神経を持ってんだからよ。けど、いつかきっと、心を開く……。俺ャ、そう思って、あいつに接しているんだよ」

善助がムキになって言う。

どうやら、いつもの善助が戻ったようである。

「では、あっしはこれで……」

夕餉膳《ゆうげぜん》の献立《こんだて》を打ち合わせ、巳之吉《みのきち》が立ち上がろうとすると、障子《しょうじ》の外から、声がかかった。

「入《へえ》るが、いいかえ？」

亀蔵《かめぞう》親分の声である。

亀蔵はそう言ったが、いいも悪いもない。中からの返事も聞かず、さっと障子を開けた。

「おっ、巳之吉、いたのか」

「いえ、あっしの用は済みやしたんで、どうぞ……」

巳之吉が会釈《えしやく》をして、板場に下がろうとする。

「おっ、そう言ャ、ここんちじゃ、鰻の蒲焼を出さねえのかよ。今、茶屋のほうを覗《のぞ》いて来たんだが、八ツ（午後二時）を過ぎたというのに、まだ空席待ちの客が列を作ってやがる！　冗談じゃねえや！　並んでまで食えるかってんで、旅籠に廻ったんだが……」

亀蔵はそう言うと、長火鉢《ながひばち》の傍にどかりと腰を下ろした。

「蒲焼でやすか……。生憎《あいにく》、うちじゃ、鰻の蒲焼を出さねえもんで、申し訳ありやせん」

亀蔵がとほんとした顔をする。

「出さねえって……。えっ、本当に？　今日は土用の丑だというのに、ここんちじゃ、鰻を出さねえのか！」

おりきは巳之吉に、もういいから、お下がり、と目まじすると、微笑《ほほえ》んだ。

「旅籠の料理に鰻を全く使わないということはないのですけどね。巳之吉には巳之吉の考えがあり、鰻重とか蒲焼といったものは、茶屋のほうに委せているのですよ」

おりきは言いながら、茶の仕度にかかる。

巳之吉はぺこりと頭を下げると、出て行った。

「なんでェ、そういうことか……。俺ャ、中食《ちゅうじき》に鰻重を食いそびれちまったもんだからよ。ここに来れば、客に出した後の端切《はしき》れでも残ってるんじゃねえかと思ったんだが……。なに、腹が減《へ》ってるってわけじゃねえんだ。一口、口にすりゃ、それで気が済むんだが、そうは虎《とら》の皮ってか！」

亀蔵が惜《く》しそうに眉根を寄せる。

「何も、今日、お食べにならなくても、土用は十八日間と、長《なご》うございますからね。それに、猫も杓子も土用鰻と騒ぐのは、丑の日だけですから、明日、お食べになっては如何ですか？」

達吉が算盤《そろばん》を弾《はじ》きながら言う。

「それだよ！　それがどういうわけか、明日になったら、前日あれほど食いてェと思ったのが嘘《うそ》のように、もうどうでもいいやって気になっちまってよ……。丑の日みてェに並ばなくても食えるというのに、途端に、蕎麦《そば》のほうが恋しくなるって寸法《すんぽう》でよ」

「人なんて、そんなものなんでしょうね。夏の土用丑には鰻、大晦日《おおつごもり》には年越し蕎麦、七夕《たなばた》には素麺《そうめん》ってな具合に、別にそれを食わなくてもどうということはねえのに、食いそびれると、時勢に乗り遅れたって気分になるのでしょうかね」

「そういう、大番頭は食ったのかよ」

「いえ、頂きません。年越し蕎麦や七夕の素麺は頂きますが、土用鰻なんて、女将さんをはじめとして、店衆《たなし》は誰も頂きません」

「そりゃそうだよな？　土台、夏の土用、殊に、丑の日に鰻を食べるなんて、誰が言い出したんだか……。確か、昔からの風習じゃねえはずだぜ。大方、商魂《しょうこん》たくましい、どこかの鰻屋の策略なんだろうけどよ」

「なんでも、平賀源内《ひらがげんない》とかいう学者が、知り合いの鰻屋が夏場に鰻が売れねえとぼやいているのを聞き、丑の日に、うのつく物を食べると暑気中《しょきあた》りしねえという古くからの言い伝えを利用して、本日土用丑の日という貼紙を見世の前に貼り出したところ、その鰻屋は大繁盛《だいはんじょう》！　そいつを聞きつけ、他の鰻屋も右にならえってんで、貼紙を出した……。それが、土用の丑に鰻を食べるようになった契機《きっかけ》といわれているようですぜ」

「平賀源内と言ャ、あのエレキテルのか？　そうけえ……。まっ、言われてみれば、そりゃそうだ。俺も婆さんから、土用の丑の日に、梅干や瓜《うり》を食べると、夏負けしねえと聞かされてたもんな。それによ、鰻には滋養があるし、暑気中りや食欲増進のためにはいいかもしれねえ……。けどよ、鰻屋やエレキテルの策略と聞いちゃ、まんまと乗せられたようで、あんましいい気はしねえわな」

亀蔵が鼻に皺《しわ》を寄せ、憎体《にくてい》に言う。

「あら、そのお陰で、うちの茶屋も繁盛させていただいていますのよ」

おりきが梅酒漬《うめしゅづけ》の梅を茶請《ちゃう》けに出すと、途端に、亀蔵は相好《そうごう》を崩《くず》した。

「おっ、梅酒の梅か！　俺ャ、こいつに目がなくてよ。どちらかというと、まだ固《かて》ェ、これくれェの梅がいい。カリッとした歯応《はごた》えがあってよ。これも、巳之吉が？」

「いえ、毎年、梅干や梅酒、らっきょう漬といったものは、おうめやおよね、おみのといった、古くからいる女衆《おなごし》が漬《つ》けるのですよ」

「おう、そうよ、おみの……。今日、俺がここに来たのは、意地汚く、鰻の蒲焼に有りつこうと思ったわけじゃねえんだ。おみのの兄貴の消息が判《わか》ってよ」

亀蔵は梅漬をカリッと齧《かじ》ったが、慌てて、湯呑を猫板に戻した。

えっと、おりきも亀蔵に目を据《す》える。

「権八《ごんぱち》がおみのの兄貴の頭を叩き割ったというのは、真っ赤な嘘でよ。案の定、あいつ、悔《くや》しいもんだから、引かれ者の小唄を言いやがった……。あれから同心の岡島《おかじま》さまに調べてもらったんだがよ。おみのの兄貴は才造《さいぞう》というんだが、三宅島《みやけじま》に流されて三年ほどした頃、島で起きた暴動に巻き込まれ、その際、役人に怪我《けが》を負《お》わせちまってよ。一年ほど牢《ろう》に押し込められていたそうだが、現在《いま》は、常並《つねなみ》に流人《るにん》として、島で畑仕事や漁に励んでいるそうでよ。岡島さまの話では、この分なら、次のご赦免船《しゃめんせん》には乗れるのじゃなかろうかと……」

おりきは眉を開き、ふうと安堵《あんど》の息を吐いた。

「では、おみのの兄さんは生きているのですね！　ああ、良かった……。おみのが聞いたら、どんなに悦《よろこ》ぶことか……。それで、次のご赦免船はいつ出るのでしょう」

「さて、それよ……。こればかりは、岡島さまにも判らねえそうでよ。何しろ、お上《かみ》に慶事《けいじ》でもねえ限り、特赦《とくしゃ》ってことにはならねえからよ。間を一年も置かずに出る場合もあれば、三年も、五年も、出ねえこともある」

「まあ、そうなのですか……」

おりきが掌《てのひら》を返したように、潮垂《しおた》れる。

が、はっと顔を上げると、

「けれども、才造さんは生きているのですものね！　そのことだけでも、おみのに伝えなくては……。わたくし、おみのを呼んで参ります。親分の口から伝えてやって下さいな」

と目を輝かせた。

おみのは才造が生きていたと聞き、一瞬、信じられないといった顔をしたが、すぐに、その目を涙で潤《うる》ませた。

「本当なんですね？　本当に、兄は生きていたんですね？」

おみのの潤んだ目から涙が溢《あふ》れ、わっと頰を伝った。

「良かった……。二星《ふたぼし》さまが願いを聞き届けて下さったのかと思うと、あたし、嬉《うれ》しくって……」

「おみの、本当に良かったですね。現在《いま》はまだ、おみのの願いは半分しか叶《かな》えられていませんが、きっと、逢いたいという願いも、いつの日にか叶うでしょう。決して、望みを捨てないでおきましょうね」

「はい。あたし、今日からまた、兄が帰って来たときのために、せっせとお金を溜《た》めます。二度と、兄にはお金のために悪事に走るようなことをしてもらいたくない。貧しくても、真っ当に働いていれば、必ずや、天は味方して下さるのですもの……」

「そうさ。天道人《てんどう》を殺さず！　正直の頭に神宿る。おお、それに、辛抱《しんぼう》の棒が大事ともいうからよ！」

亀蔵はおりきからの受け売りを口にすると、へへっと肩を竦めた。

「けれども、お金を溜めるといっても、決して、無理をしてはなりませんよ。そのときが来たら、及ばずながら、わたくしも力になりたいと思っていますので、おみのは今まで通りで……」

「はい。有難うございます」

「では、仕事に戻りなさい。今宵は田澤屋《たざわや》さまの還暦《かんれき》祝いが入っています。客室も満室ですし、広間と掛け持ちでは大変でしょうが、粗相のないようにね」

「畏まりました」

おみのが去って行き、改めて、おりきは亀蔵と顔を見合わせた。

「本当に良かった……。此度《こたび》のことでは、親分に大層迷惑をかけてしまい、申し訳なく思っていますのよ」

「迷惑なもんか！　俺ャ、島抜けの権八を捕えることが出来たんだぜ。岡島さまばかりか、与力《よりき》の市村《いちむら》さまからも、お褒《ほ》めの言葉が頂けたんだから、極上上吉《ごくじょうじょうきち》ってなもんでェ！　これで、褒美《ほうび》のひとつでも出りゃ御《おん》の字なんだが、へへっ、そうは虎の皮！が、それでも、手柄《てがら》を挙げたとなっちゃ、岡っ引きとしての箔《はく》がつくからよ」

「それで、権八のお裁《さば》きは？」

達吉が身を乗り出す。

「まだ、お裁きが下りたとは聞いちゃいねえが、此度ばかりは、死罪は免《まぬが》れねえだろうて……。ふン、莫迦《ばか》な野郎よ！　おみのに出会《でくわ》したからって、妙な色気さえ出さなきゃ、捕まるこたァなかったのによ。猿利口《さるりこう》（浅知恵）もいいところ！　土台、おみのから三十両せしめようと思う魂胆《こんたん》が、藤四郎《とうしろう》だっつゥのよ！　おみのにそんな大金が作れるわけがねえじゃねえか。大方、おみのが無理なら、御亭《ごてい》を強請《ゆす》ろうと思ったんだろうが、並の御亭ならいざ知らず、このおりきさんがそんな強請《ゆすり》に臀《しり》が退《ひ》けるわけがねえ！　権八の読み違えで、墓穴《ぼけつ》を掘っちまったってわけよ」

亀蔵が糞忌々《くそいまいま》しそうに吐き出す。

「それで、悔しさ紛《まぎ》れに、おみのの兄貴を殺したと……。鶴亀《つるかめ》、鶴亀……。万八《まんぱち》だと解っていても、い、い、い、どっとしねえ（感心しない）……。するてェと、早晩《そうばん》、あいつの行き着く先は、鈴ヶ森《すずがもり》……」

「さあな、小塚原《こつかっぱら》かもしれねえが、鈴ヶ森だとしたら、おめえさん、処刑に立ち会うかい？」

「天骨《てんこち》もねえ！」

達吉は大仰《おおぎょう》に身震いして見せた。

佃煮屋《つくだにや》田澤屋の主人《あるじ》伍吉《ごきち》の還暦祝いは、広間で行われた。

伍吉は元は佃島《つくだじま》で漁師をしていたが、母親の作る佃煮が近所でも評判となり、そのうち、売ってほしいと次々に人が訪ねて来るようになると、漁師をしているより、佃煮を商いにしたほうが利益が上がるのではないかと考え、店舗《てんぽ》を佃島ではなく品川宿門前町に出したところ、それが功《こう》を奏《そう》した。

佃島で佃煮というのでは如何にいっても凡庸《ぼんよう》であるが、年中三界《ねんじゅうさんがい》、のべつ幕なしに旅人が通りすがる品川宿なら、佃煮は恰好の土産物《みやげもの》となる。

おまけに、ここはすぐ近くに沙濱《すなはま》、猟師町《りょうしまち》が控《ひか》えていて、佃煮にする小魚には不自由しない。

伍吉の目論見《もくろみ》は見事に当たった。

当初は間口二間《けん》ほどの小体《こてい》な店から始めたのであるが、瞬く間に、田澤屋の佃煮は美味《うま》いと評判になり、二年後、両隣の仕舞《しも》た屋を買収《ばいしゅう》するや、その翌年には、表通りにまで進出したのである。

つまり、伍吉は一代で田澤屋を大店《おおだな》にまでのし上げ、現在《いま》では、門前町の宿老《しゅくろう》と対等に渡引《わたりひき》の出来る地位にいるのだった。

今宵の宴席《えんせき》に顔を連ねたのは、内儀の弥生《やよい》に嫡男《ちゃくなん》夫婦、門前町の宿老近江《おうみ》屋忠助《ただすけ》に、同じく宿老の赤城屋《あかぎや》と澤口屋《さわぐちや》、それに取引先と思える男二名に、三田同朋町《みたどうぼうちょう》の乾物問屋《かんぶつどんや》七海堂《ななみどう》の主人金一郎《きんいちろう》と、母親の七海《ななみ》の十名である。

広間に挨拶《あいさつ》に上がったおりきは、七海の姿を認め、あらっと、思わず頬を弛めた。

半年前に比べて、七海は随分《ずいぶん》と元気そうになっていたのである。

「七海さま、よくぞお越し下さいました。嬉しゅうございます」

おりきは七海の前で、深々と頭を下げた。

が、七海は訝《いぶか》しそうに首を傾《かし》げた。

大晦日、二十年も前に亡くなった息子の面影《おもかげ》を求めて徘徊《はいかい》し、半日以上も茶屋に坐り続けたことを、どうやら、七海は忘れてしまっているようである。

「おっかさん、立場茶屋おりきの女将さんですよ。ほら、おっかさんが大晦日に半日以上も茶屋に居坐り、すっかり迷惑をかけてしまったことを思い出して下さいませ。あのとき、美味《おい》しい野煮《のに》卵丼《たまごどん》を馳走になったと、後で悦んでおられたではないですか！」

隣に坐った息子の金一郎が七海に囁き、気を兼ねたように、おりきを窺《うかが》う。

「その節は、母が世話になり、申し訳ございませんでした。あれから、母も随分としっかりしてくれましてね……。後で、大晦日のことを話して聞かせると、それは立場茶屋おりきに申し訳ないことをした、と恥じ入っていましてね。あのときも申しましたが、近いうちに、母を連れてこちらにお伺《うかが》いするつもりでおりました。ところが、なかなかその機会に恵まれませんでね……。それが、今宵の還暦祝いにあたくしどももお招きいただいたではないですか。これはよい折と思い、伍吉さんに無理を言って、母も参列させていただくことにしたのです。ねっ、おっかさん、良かったですよね？一度は、立場茶屋おりきの旅籠で、板頭の料理を食べてみたいというのが、おっかさんの念願だったのですものね」

金一郎の言葉に、ようやく、七海の頭の中の霧《きり》が一掃《いっそう》されたようである。

「これは、申し訳ないことを致しました。その節は、なんですか、あたくしが大層な迷惑をかけたとか……。後で、息子からあのときのことを聞かされ、あたくし、穴があったら入りたいほど汗顔《かんがん》の至《いた》りでしたのよ。どうして、あんなことをしてしまったのか……。本当に、申し訳ありませんでした。あれからすぐにでもお詫びに上がらなければならなかったのですが、息子から、独りで出歩くことを禁じられていましてね。いつか、必ず、おっかさんに立場茶屋おりきの料理を食べさせてやるので、それまで待っているようにと言うものですから、あたくし、指折り数えて、この日を待っていましたのよ。あのとき頂いた野煮卵丼の美味しかったこと！　此の中、物忘れが激しく、今し方聞いたことも忘れてしまうほどぼんやりしていますのに、不思議と、野煮卵丼のことだけは憶《おぼ》えていましてね。ふふっ、息子に言わせれば、単に、食い意地が張っているだけなのだそうですが……。とにかく、あたくし、今宵は小娘みたいに、胸をわくわくとさせていますのよ！」

七海は童女のように笑って見せた。

改めて、おりきは七海と金一郎の母子《おやこ》の繋がりの強さを見たように思った。

七海は次男の銀次郎《ぎんじろう》を亡くしてしまったが、金一郎の深い愛に支えられているのである。

が、それは偏《ひとえ》に、七海が海よりも深い愛で二人の息子と七海堂を支えてきたからであり、それが銀次郎に素直に受け入れられなかったのは、運命の悪戯《いたずら》、七海に与えられた試練《しれん》……。

田澤屋伍吉は成り上がり者を絵に描《か》いたような男で、てらてらと脂《あぶら》ぎった顔をした、小太りの男であった。

一見、好々爺然《こうこうやぜん》としているようにみえ、そこは商人《あきんど》、目の配りに無駄がない。

還暦の祝膳《いわいぜん》は、本膳《ほんぜん》とは別に、コの字型に配された客席の中央に、舟盛りの刺身《さしみ》がどかりと鎮座《ちんざ》していた。

舟盛りは、伍吉のたっての頼みである。

巳之吉はあまり気乗りがしない様子で渋ったが、主賓《しゅひん》のたっての頼みとあっては致し方ない。

それで、今宵、巳之吉には恐らく最初で最後となるであろう、舟盛りを作ったのだった。

とはいえ、そこは巳之吉のこと……。

小舟をかたどった木製の器《うつわ》の中央に、鯛《たい》の活《い》け作りを配し、随所《ずいしょ》に、大葉《おおば》や大根《だいこん》、人参《にんじん》、胡瓜《きゅうり》のけん、縒《よ》り独活《うど》、茗荷《みょうが》、赤芽紫蘇《あかめしそ》などを散らし、恰《あたか》も、活鯛が跳《は》ねているかのような演出をし、その周囲《まわり》に殻《から》を器にした鮑《あわび》、赤貝《あかがい》の刺身を配したのだった。

これを女中たちが銘々皿《めいめいざら》に取り分け、客の膳に配るのである。

そして、一の膳の八寸《はっすん》。

縁金硝子馬上杯《ふちきんがらすばじょうはい》に入った、鱧水仙《はもすいせん》と柚子釜《ゆずがま》に入った焼松茸《やきまったけ》、小芋衣《こいもきぬ》かつぎの松葉刺《まつばさ》し、一口大の鱧押し寿司《ずし》……。

これらが銀製《ぎんせい》の桶《おけ》に氷を張り、その上に配されているのである。

「まあ、銀の桶に氷だなんて、なんて涼しげなのでしょう！　それに、この硝子馬上杯……。お料理も美しいけど、器のなんと見事なこと！　なんだか、食べるのが勿体ないみたいですわ」

伍吉の女房弥生が感嘆の声を上げる。

「あら、美しいだけではありませんよ。弥生さま、お上がってみて下さいな！　あたくしなど、早速《さっそく》頂いてみましたけど、車海老《くるまえび》や生雲丹《なまうに》が葛寄《くずよ》せとなっていて、これは鱧のお出汁《だし》かしら？　とっても上品なお味で、梅肉《ばいにく》を載せてあるので爽《さわ》やかで、しかも、細《こま》やかな味がしますわよ！　なんだか、後を引きそう……。あら、困ったわ！」

七海が興奮したように言う。

「ほう、成程……。こりゃ、美味い！　流石《さすが》は、七海堂のご隠居、表現が的確《てきかく》ですな」

伍吉も感心したように言う。

「えっ、柚子釜の中身は、なんと、松茸ではありませんか！　もう、松茸が……」

赤城屋が驚いたように目をまじくじさせ、隣の近江屋忠助を見る。

「夏松茸といいましてね。秋のように豊富ではありませんが、六月末から、時たま目にします。が、うちのような旅籠では、今の時季にはとても……。流石は、料理旅籠ですな」

忠助が仕こなし顔に言う。

「それで、この押し寿司は、鰻？　いや、鱧だ……。今日は土用の丑だというのに、鰻を使っていない？」

澤口屋が鱧の押し寿司を頬張《ほおば》り、忠助のほうを見る。

どうやら、赤城屋も澤口屋も、忠助がおりきと格別懇意《こんい》にしていることを知っていて、立場茶屋おりきのことは忠助に訊けばなんでも判ると思っているようである。

「鰻と鱧では格が違いますからね。というか、鱧の持つ、深みのある品のよい味とふわりとした食感が、品数の多い本膳には合うのですよ。ねっ、女将、そうですよね？」

忠助がおりきに目まじする。

おりきも目で頷《うなず》いた。

だが、そうそう広間に留《とど》まっているわけにもいかない。

客室の挨拶に行かなければならないのである。

「後で改めてお伺い致しますが、田澤屋さま、本日は、ご還暦、お目出度《めでと》うございます。続いて、二の膳、三の膳と出て参りますが、皆さま、どうぞごゆるりとお召し上がり下さいませ」

おりきは改まったように辞儀をすると、広間を後にした。

続いて出る二の膳は、水無月豆腐《みなづきどうふ》喰《く》いだしに鮑の柔《やわ》らか煮入り冷やしとろろ、鱧とじゅんさい、万願寺唐辛子《まんがんじとうがらし》の煮物椀《にものわん》、鮎一汐干《あゆひとしおぼ》し鱁鮧焼《うるかやき》、冬瓜《とうがん》柚子《ゆず》味噌《みそ》かけ……。

常なら、二の膳に造りが出るが、今宵は舟盛りがあり、ここで銘々皿に刺身が取り分けられる。

水無月豆腐とは、夏越祓《なごしばらえ》に食べる三角形の菓子に似せた胡麻豆腐《ごまどうふ》のことで、茹《ゆ》でた小豆《あずき》を胡麻豆腐に混ぜ、その上に、一番出汁《いちばんだし》、薄口醤油《うすくちじょうゆ》、濃口醤油《こいくちじょうゆ》、味醂《みりん》を加えた喰い出汁をかけ、江戸切子《えどきりこ》の小鉢に入っている。

そして鮑の柔らか煮入り冷やしとろろは、つくね芋《いも》のとろろの中に、味付けした鮑の切身を加え、すり柚子をふりかけたもので、この器は呉須蓋付小茶碗《ごすふたつきこちゃわん》……。

鱧、じゅんさい、万願寺唐辛子の煮物椀は薄葛仕立《うすくずじたて》の椀物《わんもの》で、千切《せんぎ》りにした万願寺唐辛子の上に生姜《しょうが》を載せ、大ぶりの蒔絵煮物椀《まきえにものわん》で供すが、これは、巳之吉が先つ頃《さいつごろ》手に入れた逸品《いっぴん》であった。

そして、三の膳……。

冷たい料理の続いた後の羹《あつもの》として、百合根饅頭《ゆりねまんじゅう》の餡《あん》かけ、留椀《とめわん》の蛤潮汁《はまぐりうしおじる》、鯛茶漬《たいちゃづけ》、香《こう》の物、水物《みずもの》の枇杷《びわ》。

ご飯物を鯛茶漬にしたのは、恐らく、田澤屋は引き出物として見世の佃煮を配るであろうが、中には、その場で茶漬に佃煮を載せて食したいという者がいるかもしれないという、巳之吉の配慮であった。

立場茶屋おりきでは、田澤屋伍吉は初顔である。

伍吉はおりきが一見客《いちげんきゃく》を取らないことを知り、わざわざ近江屋を通して予約してきたのだが、これなら満足してくれるに違いない。

だが、七海が田澤屋の祝膳に列席していたとは……。

八箇月ぶりに見る、七海の元気そうな姿……。

おりきはどこかしら満ち足りた気分で、階段を上って行った。


そうして、二階の客室の全てに挨拶を済ませ、再び、おりきが広間に顔を出すと、丁度《ちょうど》、三の膳が配られたばかりのところだった。

伍吉がおりきの姿を認めると、傍に寄れと手招きをする。

「なんと、聞きしに勝る料理の数々……。女将、感激しましたぞ！」

「お気に召して下さり、恐縮《きょうしゅく》にございます」

「あたしは立場茶屋おりきが気に入りましたぞ。これからは、ちょくちょく利用させてもらうことにするが、今後は、近江屋を通さずとも、予約を受けてもらえるのだろうね？」

「ええ、勿論《もちろん》にございます」

「それならいいが、実を言うと、あたしは立場茶屋おりきが一見客を取らないと聞き、それは口実《こうじつ》にすぎず、あたしのような成り上がり者は客として相応しくないと言われているのかと僻《ひが》んでいたんだよ」

「まあ、滅相《めっそう》もございませんわ。ご覧のように、わたくしどもはこぢんまりとした宿にございますので、お越しになる方は、どなたさまも気心の知れたお方です。客室も五部屋しかありませんし、他はこの広間だけですので、常連さまだけで手一杯となり、それで、予約を頂いた常連さまだけに限らせていただいていますの」

「では、今宵から、あたしも常連客の端《はし》くれに加えてもらえるのだね？」

「無論にございます」

「おまえさま、お止しなさい！　諄《くど》いではありませんか。もう、この男《ひと》ときたら、酒が入ると、絡《から》む癖《くせ》があるんだから……。お許し下さいね。この男の言うことなんかに耳を貸すことはないのですよ。それより、女将さん、あたしも今宵の料理には、いたく感激致しました。味もさることながら、器の美しさや、随所に笹《ささ》や紅葉《もみじ》、竜胆《りんどう》といった草花があしらってあり、本当に、涼しげな料理でしたわ」

伍吉の女房弥生が割って入ってくる。

「本当に、今宵は、生命《いのち》の洗濯をさせてもらったようですわ！　長生きはしてみるものですね。かねてより、名だたる料理屋の中でも、こちらの板頭の料理は一頭地《いっとうち》を抜いているという評判を聞き、冥土《めいど》の土産《みやげ》に、是非《ぜひ》一度味わってみたいと思っていましたが、今宵の祝膳にあたくしまで加えていただき、これでもう、いつ死んでも悔いはないと胸が一杯なのですよ。伍吉さん、お内儀、あたしまで招待して下さり、有難うございます。心より感謝いたしますぞ」

七海が田澤屋夫婦に頭を下げる。

「ご隠居、頭をお上げ下され！　あたしが誰を差し置いても、おまえさんを招待するのは当然ではないですか。現在《いま》でこそ、こうして田澤屋は門前町のお歴々《れきれき》と肩を並べるようになりましたが、あたしが佃島から出て来たばかりの頃、海のものとも山のものとも判らない新参者《しんざんもの》を、懇切丁寧《こんせつていねい》に指導して下さったのは、ご隠居、いや、七海さん、おまえさんではありませんか……。老舗中《しにせちゅう》の老舗といわれる七海堂が新参者を受け入れて下さり、対等に渡引して下さったのですからね。家内とも、七海堂には脚を向けて寝られないと話しているほどです。今宵、あたしの還暦祝いと銘《めい》打ちはしましたが、実を申せば、皆々さまへの感謝を込めた席でもあるのです。ですから、ご隠居、気を兼ねることなどありません。心置きなく、存分に立場茶屋おりきの料理を堪能《たんのう》下され」

「有難うよ、伍吉さん」

「それに、なんですか！　黙って聞いていると、冥土の土産だの、いつ死んでも悔いはないなどと……。何を気弱なことを！　ご隠居はまだまだ長生きをなさいますよ。ご自分でもおっしゃったではないですか。生命《いのち》の洗濯をしたようだと……。そう、生命の洗濯、大いに結構！　これからも、何度も生命の洗濯をして、長生きをして下さいませ。そうだ！　先程、あたしはこれからもちょくちょくこちらに伺うと言いましたが、そのときは、ご隠居をお誘いしよう！　ねっ、金一郎さん、構わないだろう？」

伍吉が金一郎を窺う。

金一郎は慌てて頷いた。

「ええ、そうしていただければ、母も悦ぶと思います。けれども、次は、是非、あたくしどもに席を設《もう》けさせて下さいませ。馳走になりっぱなしというのでは、ちと……」

「てんごうを！　こういったことは成り上がり者に華《はな》を持たせるものですよ。成り上がり者には、そのくらいの矜持《きょうじ》しかありませんのでね」

伍吉が成り上がり者を連発したことで、それまで和《なご》やかだった座が、一瞬、気まずい雰囲気《ふんいき》に包まれた。

弥生が挙措を失い、片頬に笑《え》みを貼りつけるようにして、全員を見回す。

「さあさ、せっかくの羹が冷めてしまいますわよ。頂きましょうよ」

そう言い、留椀の蓋を開ける。

「まっ、この百合根饅頭、中に、海老やしめじが入っていますわよ！」

「蛤の潮汁もなんてよいお味なのでしょう！　木の芽の香りが立ち、ホント、胃の腑《ふ》が洗われるようですこと！」

弥生と息子の嫁が口々に言う。

他の者も三の膳に箸《はし》をつける。

「ほう、鯛茶漬ですか……。ご馳走を頂いた後の茶漬は、また格別美味いですからな。おっ、茶漬といえば……。勝太郎《かったろう》、引き出物を皆さんにお配りしなさい。帰り際《ぎわ》に渡そうと思っていたが、今ここで茶漬と一緒に召し上がっていただくのもよいかもしれない……」

伍吉が嫡男の勝太郎に目まじする。

勝太郎と嫁が広間の隅に置かれた包みを配っていく。

「なに、大したものではありません。金盃《きんぱい》はこの日のために作らせたものですが、後は、佃煮の詰め合わせですので、宜しければお味見を……」

伍吉はそう言うと、率先《そっせん》して、木箱の蓋を開ける。

他の者もそれに倣《なら》う。

「まあ、美味しそうだこと！」

七海が燥《はしゃ》いだように、胸前で手を合わせる。

「あみ海老に蜆《しじみ》、イカナゴ、それに、これは昆布《こんぶ》と椎茸《しいたけ》、子持昆布《こもちこんぶ》……。こいつァ美味そうだ！」

早速、赤城屋が鯛茶漬の上に子持昆布の佃煮を載せる。

「あたくし、蜆の佃煮に目がありませんのよ。他にお菜《さい》がなくても、これさえあれば、ご飯が三膳は頂けますもの……。伍吉さんのお母さまが作られた蜆の佃煮は絶品でした。余所《よそ》の佃煮に比べて、味が濃《こ》すぎも薄すぎもせず、生姜の香りが効《き》いていて、それはそれは美味しかったものですよ。そう言えば、お母さまは？　此の中、お姿を拝見しないようですが、息災《そくさい》でいらっしゃいますか？」

七海が訊《たず》ねると、伍吉は、ええ、まあ……、と曖昧《あいまい》に言葉を濁《にご》した。

茶の仕度をしていたおりきは、おやっと手を止めた。

伍吉の隣に坐った弥生が、狼狽えたように、つと膝《ひざ》に視線を落としたのである。

「そうですか。それは良かったこと！　でしたら、今宵の祝膳に同席なされば宜しかったのに……。そう言えば、この前お逢いしたのはいつだったかしら？　品川宿に来られたばかりの頃は、なんとしてでも佃島の味を世に広めたい、けれども、従来通りの味に固執《こしつ》していたのでは田澤屋の味とはいえない、これぞ田澤屋の味というものを作り出さなければと、それはもう大変な苦労をなされ、新商品を試作なさると、まずはおまえさまにと持って来て下さいましたのよ。その意味では、現在《いま》の田澤屋があるのは、お母さまのお陰といえますわね。けれども、見世の構えが大きくなるにつれ、お母さまの姿をお見かけしなくなりました……。恐らく、田澤屋の味が確立したので、後進《こうしん》に後を託されたのでしょうが、それでも、時たま接客に立たれていましたわよね？　ところが、それも、此の中とんとお見かけしなくなり、心配をしていましたのよ」

七海は伍吉や弥生の反応など、意に介《かい》さず……。

「おっかさん！」

金一郎が慌てて七海の袖《そで》を引く。

が、七海は鳩《はと》が豆鉄砲《まめでっぽう》を食ったような顔をしている。

「あたくし、何か妙なことを言いましたか？」

「いえ、そんなことはありませんよ。けど、喋《しゃべ》りすぎです。ほら、皆さん、困《こう》じ果てたような顔をなさっているではないですか」

金一郎はそう言うと、申し訳なさそうに、伍吉に頭を下げた。

「まあ……。じゃ、あたくし、やっぱり、何か妙なことを言ったのですね！　申し訳ありません。先つ頃、時々、頭の中に靄《もや》がかかってみたり、とんちんかんなことを言うようになりましてね。自分ではしっかりしているつもりなのに、いつも、息子に迷惑をかけてしまいます。ああ、やはり、あたくしはこのような席に出るべきではなかったのですね……。息子が大丈夫だよ、おっかさんも一緒に行こうと言ってくれるものですから、つい、甘えてしまいましたが、伍吉さん、勘弁《かんべん》して下さいね。何か妙なことを言ったのだとしたら、どうかお許し下さい」

七海が怯臆《きょうおく》してぺこりと頭を下げ、縋《すが》るような目を金一郎に送る。

伍吉は咳《しわぶき》を打った。

そして、改まったように七海に目を向けると、七海さん、おまえさんは謝らなければならないことなど、何一つ言っちゃいない、寧ろ、謝らなければならないのは、このあたしなのだから……、と逆に頭を下げた。

「今宵、七海さんと金一郎さんの姿を見て、あたしは目から鱗《うろこ》が落ちたというか、浅ましき我が心に忸怩《じくじ》としてしまいました。実を申しますと、数年前より母に耄碌《もうろく》の症状が出て参りまして……。七海さんが言われるように、母は田澤屋の味を確立するまでは、それこそ、夜《よ》の目も寝ずに働いてきました。けれども、田澤屋も所帯が大きくなり、老《お》いた母にいつまでも戦力として働いてもらう必要がなくなったわけです。それで、隠居を勧《すす》めたのですが、その頃より、母に耄碌の症状が表れるようになり、ちょいと目を離すと、見世に出て、お客さま相手にわけの解らないことをしでかす始末で、それで、お端女《はしため》をつけて洲崎《すざき》の別荘に隠遁《いんとん》させてしまったのです。隠遁というより、外に出させないようにしたのですから、幽閉《ゆうへい》といったほうがよいかもしれませんが……。あたしは今の今まで、母のためにも見世のためにも、それでよいと考えていました。けれども、今宵の七海さんと金一郎さんを見て、寝覚めの悪さに、慚愧《ざんき》の念に堪《た》えません。七海さんはご自分でもおっしゃったように、時折、自我を忘れて徘徊なさる……。それなのに、金一郎さんはそんな母親を優しい目で見守り、決して、隠そうとはなさらない……。金一郎さんは日頃からおっしゃっていましたよね？　母は早くに夫を亡くし、女手一つで、見世や二人の息子を護ってきたのだ、現在《いま》の七海堂があるのは母のお陰と……。それは、あたしとて同様……。いえ、寧ろ、一介《いっかい》の海とんぼ（漁師）が一から佃煮屋を立ち上げ、現在《いま》の田澤屋の基礎を築き上げたのですから、母にどんなに感謝してもまだ足りないほどなのです。それがどうでしょう……。

見世が軌道《きどう》に乗った途端、母が足手纏《あしでまと》いとなり、悠々自適《ゆうゆうじてき》の隠遁とは名ばかりで、一歩も外に出させないように、幽閉してしまったのですからね。あたしはなんて罰当《ばちあ》たりな男なのでしょう！　何はさておき、今宵の祝いの席に母を招くべきでしたのに……。七海さん、金一郎さん、そのことを教えて下さったお二人に感謝しますぞ！　早速、この脚で母を訪ねます。そして、これは様子を見てからの話ですが、表に連れ出せるようなら、いつか、母を立場茶屋おりきに連れて来てやりたいと思います。女将、迷惑をかけることになるかもしれないが、そうさせてもらってもいいだろうか？」

伍吉がおりきの目を瞠める。

「ええ、是非、そうしてあげて下さいませ。迷惑などと、そのようなことは決して思わないで下さい」

「ああ、これでようやく胸の支《つか》えが下りたようだ。それで、もう一つ頼みがあるのだが……」

おりきはふわりとした笑みを返した。

「ええ、解っていますことよ。お母さまに何かお持ちになりたいのですね？　では、早速、板頭に言って、土産《おみや》を作らせましょう。夜分でもありますし、あまりお腹にもたれないもので、それでいて、目でも愉《たの》しめる土産をね！」

おりきが伍吉に目まじして、立ち上がる。

「おや、まだ何か頂けるのですか？」

どうやら、七海には話の展開が読めていないとみえ、幼児のように手を叩き、それで一気に、広間に和やかな空気が甦《よみがえ》った。


その夜、急遽《きゅうきょ》、用意された土産は、竹籠弁当《たけかごべんとう》だった。

伍吉の母親は齢《よわい》八十一と高齢である。

此の中、耄碌の症状が出て来たというが、伍吉の話では、内臓は至って良好で、食欲もあるという。

とはいえ、五ツ（午後八時）を廻った今時分のこと、当然、夜食を済ませているだろうし、既に床に就《つ》いているかもしれない。

だが、久方ぶりの息子の来訪である。

仮に寝ていたとしても起き出して、土産の弁当を摘《つま》みながら四方山話《よもやまばなし》に花を咲かせるに違いない……。

となれば、今宵食べきれなかった弁当を、翌日の朝餉に廻すことも考えなければならない。

それで、巳之吉は風通しのよい蓋付き竹籠に笹の葉を敷き、生ものを避《さ》け、消化がよくて見た目にも美しい弁当をと考えたのである。

丸い竹籠を四等分に仕切り、その一つに、豆ご飯のお握《にぎ》りと奈良漬《ならづけ》、もう一つに、焼き穴子入り出汁巻卵《だしまきたまご》、鯛の味噌漬焼《みそづけやき》、三度豆《さんどまめ》と才巻海老《さいまきえび》の胡麻和《ごまあ》え……。

そして、別の仕切りには、小芋衣かつぎ、椎茸の含め煮、高野豆腐《こうやどうふ》、南瓜《かぼちゃ》と茄子《なす》の煮浸《にびた》し、莢豌豆《さやえんどう》、鱧の子の煮物……。

そして最後の仕切りが、天麩羅《てんぷら》である。

車海老、蓮根《れんこん》、甘藷芋《かんしょいも》、小茄子《こなす》、椎茸、大葉、茗荷、万願寺唐辛子、結び三つ葉の天麩羅が彩《いろど》りよく盛りつけてあり、柚子と塩抹茶《しおまっちゃ》の粉が添《そ》えられていた。

食材や料理そのものには殊更《ことさら》だったところが見られないが、仕切りの間に黄烏瓜《きからすうり》の蔓《つる》を這《は》わせ、胃に優しく、思わず食がそそられそうな弁当であった。

田澤屋伍吉と弥生は大満悦《だいまんえつ》で、気をよくして帰って行った。

「おりきさん、済まなかったね。田澤屋の突然の頼みを快《こころよ》く引き受けてくれて、助かったよ」

田澤屋一行や七海堂母子を送り出した後、近江屋忠助が帳場に顔を出し、頭を下げた。

「お茶を如何かしら？　夜分なので、焙《ほう》じ茶を淹《い》れますが……」

「そいつは有難い」

忠助が長火鉢の傍に腰を下ろす。

「七海堂のご隠居が唐突《とうとつ》に田澤屋のお袋さんのことを言い出したもんだから、あれで一遍に酔《よ》いが醒《さ》めちまってね。あのときの田澤屋の顔ときたら……。あたしは内心はらはらしましたよ」

忠助が下げの煙草入《たばこい》れから継煙管《つぎきせる》を取り出し、薄紅梅《うすこうばい》を詰める。

おりきは煙草盆《たばこぼん》をそっと忠助の傍に寄せた。

「田澤屋さまのお母さまのことは知りませんでしたが、結果的には、あれで良かったのだと思いますよ。七海さまのお陰で、田澤屋さまもお母さまを訪ねようとお思いになったのですもの……。おまえさまは田澤屋さまのお母さまのことをご存知だったのですか？」

忠助は、ああ、と頷いた。

「おふなさんという女《ひと》でね。門前町の裏通りに見世を出したばかりの頃は、あの女が一人で佃煮を作っていてね。気の善《よ》い女でねえ……。二言目には、あたしは海とんぼの女房だから、縁の下の力持ち……、決して、表に出ちゃいけないんですよ、ほら、名前だって、ふな……、漁師にぴったりの名前でしょうが、と言って笑ってさ……。自分は佃島で細々《ほそぼそ》と佃煮を作っていればよかったが、息子がおっかさんの佃煮で一旗《ひとはた》揚《あ》げたいと言うもんだから、牛に引かれて善光寺《ぜんこうじ》詣りじゃないが、こうして品川宿にまでやって来たが、覚悟を決めたからには、なんとしてでも、息子を一廉の商人に仕立てたい、田澤屋なんて大層な屋号《やごう》をつけたことでもあるし、田澤屋の身代《しんだい》を大きくするために、自分が我勢《がせい》しなくては、とも言ってたっけ……。おふなさんの願いは叶い、田澤屋は大店にまでのし上がった……。ところが、おふなさんはいつまで経《た》っても、潮《しお》の匂《にお》いが抜けきらないだろ？　つまり、大店の隠居らしさがないというか、垢《あか》抜《ぬ》けない……。それが、田澤屋の引け目となったのだな。表通りに見世を移してからは、元の裏通りの家を作業場とし、職人たちとそこで寝食を共にし、完全に見世と作業場を分けてしまってね。おふなさんは職人たちと職人を何人も雇って、職人の指導をしていたんだが、職人たちが独り立ちするにつれ、おふなさんが目の上の瘤《こぶ》となったんだな。何しろ、おふなさんには田澤屋の味は自分が作ったという自負《じふ》があるものだから、職人に差出する……。それが職人たちにしてみれば、面白くなかったのだろう。屢々《しばしば》対立するようになってね。それで、見かねた田澤屋がお袋は一切《いっさい》作業場に出てはならないと禁じたんだ。その頃からだよ、おふなさんに奇異《きい》な行動が見られるようになったのは……」

忠助は太息《ふといき》を吐いた。

おりきは忠助の湯呑を猫板に置くと、さあ、どうぞ、と微笑みかける。

そして、忠助に倣ったかのように、ふうと息を吐いた。

「気を張り詰めて、筒一杯《つついっぱい》、生きてきた者ほど、役目が終わったと思ったときの喪失《そうしつ》感《かん》が大きいのでしょうね。七海さまも金一郎さまが妻帯《さいたい》なさり、見世を託されてから、時折、幽明《ゆうめい》の境《きょう》を彷徨われるようになったと聞きました」

ああ……、と忠助も頷く。

「銀次郎が亡くなったのは、二十年も前のことだというのによ……。銀次郎が母子《おやこ》ほど歳の離れたお端女と無理心中をしたことが、やはり、七海さんの胸に、深い疵《きず》となって根を下ろしたんだろうな。銀次郎のことは七海さんの責任ではないというのによ……。自分が見世を護ることに筒一杯だったばかりに、銀次郎に寂《さみ》しい想いをさせてしまった、母として愛が足りなかったから、銀次郎をお端女に走らせてしまったのだと、自分を責め続けてよ。息子に寂しい想いをさせたというのなら、金一郎さんだって、同様だ。だが、ご覧よ、金一郎さんを……。七海さんのこれまでの苦労を知っているだけに、母あっての七海堂ですと言いきり、どんなときでも、七海さんを立てようとする……。出来た息子だぜ！」

「本当にそうですわ。銀次郎さまには終しか解ってもらえず、あのような哀《かな》しい別れ方をされましたが、七海さまには金一郎さまという優しい嫡男がいらっしゃいます。天道人を殺さず……。おふなさまにも、きっと、天が味方をしてくれますわよ」

「そう願いたいね。ところで、堺屋《さかいや》のことなんだが、おまえさん、何か聞いていないかね？」

忠助が焙じ茶を口に含み、改まったように、おりきを見る。

「いえ、何も……」

「堺屋もそろそろ六十路《むそじ》だ。おまえさんも知っているように、堺屋には跡取《あとと》りがいないからよ。それで、この頃うち、俄に、養子を取るだの、この際、見世を売りに出して楽隠居するだのという噂が飛び交うようになってよ……。遠縁の娘を養女に貰って、板頭に添わせるとか、いやいや、古くからいる番頭が主人の座を狙《ねら》っているのだとか……。だがよ、遠縁の娘と板頭を添わせるといったって、祝言こそ挙げていないが、あそこの板頭には歴《れっき》としたかみさんがいる……。では、番頭にといったって、喜多次《きたじ》という番頭は、栄太朗《えいたろう》さんとさして歳が違わないからね。まず以《もっ》て、それはないと思うのだが、そうなると、見世を売り払うという線が濃厚《のうこう》となるのだが、堺屋のことだ、下手《へた》をすれば、妓楼にでも売りかねないからね……。門前町には白店しか置かないというのが決まりなのだが、陰で売買をされては、後の祭り……。それで、寄合《よりあい》を開こうと思うのだが、出てくれるだろうね？」

忠助が縋るような目で、おりきを見る。

「解りました。声をかけて下さいまし」

「じゃ、改めて、連絡するよ。やっ、こんなに遅い時刻まで……。邪魔《じゃま》したね。では、お暇《いとま》しよう」

忠助は田澤屋の引き出物を抱え、帰って行った。

おりきの胸に、ふっと、不吉な想いが衝《つ》き上げてくる。

堺屋栄太朗は商魂たくましい男である。

しかも、どういうわけか立場茶屋おりきに敵対心を抱き、何かあれば、蹴落《けお》とそうと画策《かくさく》するのだった。

堺屋には立場茶屋おりきが茶屋だけでなく、料理旅籠を営むのが面白くないのである。

本来、立場茶屋というのは、旅人に湯茶《ゆちゃ》や一膳飯《いちぜんめし》、酒肴《しゅこう》を供する休息所であり、宿泊を目的とするものではなかった。

が、どういうわけか、先代の頃より、立場茶屋おりきと釜屋《かまや》だけが浪花講《なにわこう》の鑑札《かんさつ》を持ち、茶屋と旅籠を営んでいるのである。

堺屋はそれを不服に思い、これまで何度も、道中奉行《どうちゅうぶぎょう》に訴《うった》え出ようとしてみたり、才取の団平を使って、板頭の巳之吉を引き抜こうとしたこともある。

無論、巳之吉がそんな誘惑《ゆうわく》に乗るわけもなく、道中奉行も堺屋の訴えを一蹴《いっしゅう》してしまったのだが、それでも懲りずに、茶飯屋《ちゃめしや》一膳《いちぜん》から火の手が上がり、立場茶屋おりきの茶屋部分が類焼《るいしょう》してしまった折には、一膳の跡地《あとち》を買収しようとまでしたのである。

あのときは、幾千代《いくちよ》が早めに手を打ち、一膳の跡地を買い取ってくれ、それで、跡地に現在《いま》の彦蕎麦《ひこそば》を開くことが出来たのだが、とにかく、堺屋は何かにつけて嫌《いや》がらせをしようとするのだった。

だが、そんな堺屋も、寄る年波《としなみ》には敵《かな》わないとみえる。

堺屋のことだ、下手をすれば、妓楼にでも売りかねないからね……。

忠助の言葉が甦った。

そんなことがあってはならない！

仮に、そんなことにでもなれば、せっかく、これまで忠助たち宿老が護ってきた門前町が、歩行新宿、南北両本宿《なんぼくりょうほんじゅく》のような遊里となってしまう……。

しかも、その堺屋は、彦蕎麦の右隣なのである。

八朔《はっさく》（八月一日）が過ぎると、朝夕、どこかしら秋意《しゅうい》を想わせるようになった。

それは、肌を撫《な》でていく風に、蟬《せみ》の声、蟲《むし》の声、空の色にも感じるのだった。

勇次があすなろ園から姿を消したのは、あと数日で、中秋《ちゅうしゅう》の名月を迎えるという日であった。

毎年のことながら、品川宿は七月の二十六夜《にじゅうろくや》、八月の十五夜《じゅうごや》、九月十三日の後《のち》の月と、品《しな》の月を愛《め》でようとする客で、どこの見世も怱忙《そうぼう》を極《きわ》める。

立場茶屋おりきの旅籠でも、この日は既に予約で満室となっており、板場衆ばかりか女中たちも、この日に備《そな》えて今から大わらわであった。

無論、下足番も同様で、吾平《ごへい》や末吉《すえきち》ばかりか善助までが駆り出され、寸暇《すんか》を惜《お》しんで、芒《すすき》の採取に余念がなかった。

何しろ、海に面した広い縁側に芒や野の花を飾り、恰も、河原から月を愛でるような趣向《しゅこう》にするのであるから、それも客室全てとなれば、芒の量も半端《はんぱ》なものではなかった。

それで当日の朝、萩《はぎ》とか河原撫子《かわらなでしこ》、桔梗《ききょう》といった草花を調達することにして、芒だけは現在《いま》から少しずつでも刈《か》っておこうということになったのである。

七ツ（午後四時）過ぎ、善助は不自由な片脚を引き摺り、片手で抱えられるだけの芒を抱えて、旅籠の裏庭まで戻って来た。

すると、あすなろ園の入口で額《ひたい》を寄せ、何やら話していたおりきと高城《たかぎ》貞乃が、はっと振り返った。

「善助！　おまえ、勇ちゃんと一緒ではなかったのですか？」

おりきが小走りに寄って来る。

善助はとほんとした顔をした。

「いんや……。勇次がどうかしたかや」

「それが、中食を済ませた後、姿が見えなくなったのですよ」

貞乃も寄って来て、困じ果てたような顔をする。

「現在《いま》、卓ちゃんやおきちちゃんが猟師町まで捜しに行ってくれてるのですけど、もしかすると、善助さんについて河原に行ったのではないかと……。ああ、でも、違ったのですね」

貞乃が恨《うら》めしそうな目で、善助を見る。

まるで、善助が勇次と一緒ではなかったことを責めているかのような目つきである。

「俺が連れて行くんなら、ちゃんと、貞乃さまに断ってらァ！」

善助が憤然《ふんぜん》としたように言う。

「善助を責めているのではないのですよ。おまえが連れて行くのなら、前もって、貞乃さまに了解を得たでしょうからね。ですから、そういう意味ではなく、善助が河原に行ったのを知り、勇ちゃんが勝手に後を追ったとも考えられますでしょう？　河原でそれらしき子供を見掛けませんでしたか」

「いや……。俺が行ったのは浜木綿《はまゆう》の岬《みさき》だが、女将さんも知っていなさるように、あそこは地の利に疎《うと》い、ましてや、十歳の餓鬼が一人で行くところじゃねえからよ。けど、勇次が俺を追ったんじゃねえとすると、一体《いってえ》、どこに……。やっぱ、勇次が以前住んでいた猟師町の裏店《うらだな》に……。いや、裏店ったって、あの辺りは全て焼けつくされて、現在《いま》はまだ、手つかずの状態だ」

善助も途方に暮れたような顔をする。

が、はっと四囲を見回すと、手にした芭をバサリと地面に落とした。

「…………」

「…………」

おりきと貞乃が驚いたように善助を見ると、善助は、こんなことをしちゃいられねえ、俺ャ、行ってくる、と呟いた。

「行くって、善助、どこに？」

おりきは挙措を失った。

善助の目が虚ろになったのである。

「三吉の奴、俺が浜木綿の岬に行ったとも知らずに、猟師町から洲崎にかけての浜に行ったのかもしれん……」

「三吉って……。善助、しっかりなさい！　三吉はここにはいないのですよ。現在《いま》、行方不明になっているのは、勇ちゃんなのですよ！」

おりきが善助の肩に手をかけ、顔を覗き込む。

が、善助は喪心《そうしん》し、口の中で、何やら呟いている。

「三吉、待ってろや……。じっちゃんが必ずおめえを見つけ出してやるからよ。おめえが陰間だなんて、冗談じゃねえ……」

ああ……、とおりきは善助の肩を抱き締めた。

善助は三吉が子供屋に売られたときのことを思い出しているのである。

思い出すというより、善助の頭の中は、今まさに、あの時点に遡《さかのぼ》っているのであろう。

すると、そこに、勇次を捜しに猟師町まで行っていた、卓也とおきちが戻って来る。

「どうでした？」

おりきがせっつくように訊ねると、卓也もおきちも首を振った。

「だって、卓ちゃんや勇ちゃんのいた裏店は瓦礫《がれき》だらけで、人なんて誰一人としていないんだもの……」

「それでね、お救い小屋まで行ってみたんだ。けど、勇次の姿を見たという者がいなくてさ……。あいつ、近所の餓鬼を集めてお山の大将を気取ってたから、勇次につきまとっていた子らにも訊いてみたんだ……。けど、あれから一度も、勇次の姿を見掛けねえって……」

卓也が半べそをかく。

「卓ちゃんは勇ちゃんと同じ裏店だったし、勇ちゃんて、卓ちゃんの言うことには従っていたでしょう？　他に、行きそうなところに心当たりはありませんか？」

貞乃が訊ねると、卓也は首を傾げた。

「あいつが行くところなんて……。親戚《しんせき》もいねえしよ。あいつ、ああ見えて、おとっつァんやおっかさんが大好きだったんだ。いつも叱《しか》られてばかりいたけど、叱られることで、なんだか親の愛を確かめているみたいなところがあって……。おいらにゃ、その神経が理解できなかったけど、妹ってェのが勇次の本当の妹じゃなくてよ……。赤ん坊のときに貰われてきたんだけど、おとっつァんやおっかさんは妹を気遣《きづか》って、少々の悪さをしても叱らない。何かといえば、勇次を叱るんだけど、あいつ、叱られても平気平左衛門《へいきへいざえもん》でさ。おとっつァんやおっかさんはおいらが実の子だから叱るんだって、寧ろ、得意満面だったんだ……。だから、あいつ、態《わざ》と叱られるようなことをして、悦んでたんだ……。そんな勇次だもの、おとっつァんやおっかさんが死んじまって、居たたまれなくなったんだよ。寂しいんだよ……。おいらだって、おせんちゃんだって親を亡くして寂しいけど、あいつ、人一番甘ったれだっただろ？　それに、大好きなおとっつァんやおっかさんと一緒に死んだのが、貰いっこの妹ってェのが、悔しくて堪《たま》らないんだ」

卓也の頰をつっと涙が伝った。

その瞬間、今まで茫然《ぼうぜん》として、心ここにあらずだった善助が、目を瞬《しばた》いた。

「おめえら、何をぼんやりしてる！　卓也、おめえ、勇次を捜しに行ったんじゃなかったのかよ」

どうやら、善助は正気に戻ったようである。

お帰り、善助……。

おりきはほっと安堵の息を吐き、善助に微笑みかけた。

「猟師町にはいなかったのですって……。卓ちゃんには他に心当たりがないようですし、末吉を高輪《たかなわ》まで走らせますので、亀蔵親分に力になってもらいましょう。けれども、夕餉時になったら、あれでも、お腹を空《す》かせて戻って来るかもしれませんよ。だって、ここを出たって、勇ちゃんには行き場なんてないのですもの……。事故に遭ったか、子攫《こさら》いに遭ったのでないとしたら、必ず……」

おりきはそう言い差し、あっと、善助の顔を窺った。

なんて迂闊《うかつ》な……。

三吉を思い出させるようなことを言ってしまったとは……。

ところが、善助は意外にも平然とした顔をしている。

が、おりきがやれと胸を撫で下ろした、そのときであった。

枝折《しお》り戸を潜《くぐ》り、幾千代が中庭のほうから、裏庭へと抜けて来るではないか……。

幾千代の背後には、勇次の姿が……。

「やっぱり、ここだ！　帳場を覗いたら誰もいないものだから裏庭に廻ったんだけど、こんなところで雁首《がんくび》を揃《そろ》えて、一体なんの相談かえ？」

「幾千代さん、どうして勇次を……」

おりきが慌てて寄って行く。

「えっ、ああ、この子……。ほら、やっぱり、ここんちの子だったんだ！　いやね、今月は一日《ついたち》が八朔だっただろ？　八朔といえば、遊里の書き入れ時だからさ。あちしにも次々とお座敷がかかって、一日の海蔵寺詣りが出来なかったもんだから、今日になってようやく行ったってわけさ。そしたら、投げ込み塚の前に、この坊《ぼう》が佇《たたず》んでるじゃないか……。あちしも永《なが》いこと海蔵寺に詣ってきたが、こんなにちっちゃな坊が一人で投げ込み塚に詣るなんて見たことないからさ……。殊勝《しゆしよう》な餓鬼もいるもんだと眺《なが》めていたら、突然、この子が近づいて来て、おばちゃん、ここって、この間の地震で死んだ人も入ってるんだよね？　と訊ねるじゃないか……。それで、そうだよ、じゃ、おまえの身寄りも亡くなっちまったのかえと訊くと、おとっつァんやおっかさん、妹が死んじまったと言ってさ……。ところが、またもや、投げ込み塚の前に坐り込んじまってさ……。さあ、どのくらい坐っていただろう。あんまし動かないもんだから、あちしも心配になっちまってさ。それで、どこから来たのかと訊いたんだけど、石の地蔵《じぞう》さんを決め込んじまってさ。ひと言も喋ろうとしない……。おてちんさ！　けど、そのとき、ふっと、ここの子供部屋のことを思い出してさ。確か、この間の地震で孤児《しご》となった子供を引き取り、あすなろ園とかいう養護施設を始めたって……。すると、この子もあすなろ園の子かもしれない、他にそんな施設があるとは聞いていないし、まっ、違えば違ったで、そのときは、おまえさんにどうしたらいいか訊こうと思って連れて来たんだけど、そうかえ、やっぱり、ここの子だったんだね」

幾千代が竹に油を塗《ぬ》ったように一気に喋り、ああ、喉《のど》がからついちまった！　白湯《ぶう》をおくれ、と言う。

おりきはふっと頬を弛めた。

「では、帳場に戻りましょうか。でも、少し待って下さいな」

そう言うと、勇次の手を握り締め、指でちょいと額を小突いた。

「この次どこかに行くときには、ちゃんと大人に断ってから行きましょうね。でも、偉かったね！　一人でお墓詣りが出来たのですものね。けれども、心配をかけて済みませんでしたって、皆《みな》に謝るのですよ。皆、勇ちゃんの姿が見えなくなって、心配したのですからね」

「うん」

おりきが勇次の手を引き、子供たちの傍に寄って行く。

ワッと黄色い歓声が裏庭に響いた。

が、その中でも、善助の野太《のぶと》い声が一際大きい。

「三吉！　よく帰《けえ》ったな、よく帰ったな！」

善助はそう叫んでいたのである。

おりきは幾千代に目まじすると、さっ、戻りましょうか、と呟いた。

木立《こだち》から、かなかなと蜩《ひぐらし》が哀愁《あいしゅう》を帯《お》びた声を投げかけてくる。

過ぎ去りしものへの想い……。

夏の果《はて》、何故《なぜ》かしら、おりきは蜩の声にそんな想いが込められているように感じた。

走り蕎麦《そば》

小女《こおんな》のおまちが彦蕎麦《ひこそば》の縄暖簾《なわのれん》を指で捲《めく》り上げ、覗《のぞ》き見でもするかのような恰好《かっこう》で、街道を窺《うかが》っている。

どうやら、斜交《はすか》いに出来た讃岐屋《さぬきや》を気にかけているようである。

「おまち、またそんなことを！　みっともない真似《まね》をするんじゃないよ」

女将《おかみ》のおきわが小声でおまちを制し、板場脇の飯台《はんだい》で盛り蕎麦《そば》を啜《すす》る二人組の客に、ちらと視線を送った。

おまちがえへっと首を竦《すく》め、潮垂《しおた》れたようにして戻って来る。

「ねっ、どうだった？　讃岐屋は繁盛《はんじょう》しているかい？」

配膳口の前で、手持ち無沙汰《ぶさた》にポリポリと二の腕を掻《か》いていた、おかずが寄って来る。

「繁盛なんてもんじゃないさ。見世《みせ》の前に、空席待ちの行列が出来ているほどだもの！」

おまちは顰《しか》めっ面《つら》をして見せた。

る。

「へえェ……。うちは閑古鳥《かんこどり》が鳴いてるってのにさ！」

「しょうがないだろ！　向こうは開店初日なんだからさ」

おきわは極力《きよくりよく》平静を保とうと、再び、たった今清拭《せいしき》したばかりの箸箱《はしばこ》の蓋《ふた》を開け
「女将さん、そこはもう……」

おかずに指摘され、おきわはふうと太息《ふといき》を吐《つ》き、蓋を閉じた。

「なんだって、人はこうも新物食《しんものく》いなんだろう！　昨日まで、江戸者は蕎麦に限る、蕎麦を食わねえようでは、江戸っ子たァいえねえと息巻《いきま》いていた奴らがだよ、斜交いに饂飩屋《うどんや》が出来た途端《とたん》、この様《ざま》だ！」

「ええ。だから、それは物珍《ものめずら》しさからで、明日になれば、やっぱ、江戸者は蕎麦に限るなんて、けろりとした顔をしてやって来ますよ。それに、まだ九ツ半（午後一時）だし、彦蕎麦が開店して以来、一日として欠かしたことのない、あの蕎麦食いの民治《たみじ》さんが来ないなんてことがないじゃありませんか」

おかずがおきわを宥《なだ》める。

すると、あっと、おまちが挙措《きよそ》を失い、何やら複雑な表情を顔に貼《は》りつけ、上目遣《うわめづか》いにおきわを窺った。

「それが……」

「何さ！　何が言いたいのさ」

おかずが甲張《かんば》ったように言う。

「半刻《はんとき》（一時間）ほど前に覗いたとき、行列の中に民さんの姿が……」

おまちが鼠鳴《ねずみな》きするような声を出す。

「なんだって！」

「まさか、あの民さんが……。おまち、見間違えたんじゃないのかえ？　だってさ、俺《おり》ャ、蕎麦畑《そばばたけ》で生まれ、蕎麦湯《そばゆ》を産湯《うぶゆ》にして育った男で、俺の身体《からだ》は蕎麦で出来ているようなもんだと豪語《ごうご》していた、あの民さんだよ？　いくら物珍しさからといったって、饂飩なんて……」

おきわは狼狽《うろた》えた。

他の者ならいざ知らず、あの民治までが……。

まさか、彦蕎麦が見限られたとまでは思わないが、この二年というもの、一日も欠かすことなく、しかも多いときには日に三度も、顔を出していた民治までを行列に並ばせるほど、あの讃岐屋には魅力があるということなのであろうか……。

おきわは蹌踉《よろ》けるようにして、床几《しょうぎ》に腰を下ろした。

永《なが》いこと空店《あきだな》となっていた斜交いの一膳飯屋《いちぜんめしや》の跡に、新規に饂飩屋が入ると聞いたのは、盆前のことだった。

「なんでも、讃岐饂飩というじゃねえか。コシがあって、なんとも言えねえ美味《うま》さなんだとよ」

「ヘン、寝言は寝て言えってェのよ！　饂飩といえば、秋田の稲庭《いなにわ》。これに勝《まさ》る饂飩はねえからよ！」

「てんごうを！　俺ャ、氷見《ひみ》の出だがよ、氷見の饂飩が、いっ、いっち、美味《うめ》ェに決まってらァ！」

「いやいや、だから、おめえらは藤四郎《とうしろう》というのよ。饂飩の元祖は長崎の五島《ごとう》！　なんでも奈良時代に唐《とう》から伝わったというからよ」

「へっ、利《き》いたふうなことを！　饂飩と言ャ、なんといっても、関西のおうどんさんよ。まっ、尾張《おわり》のきしめんもまんざら捨てたもんじゃねえけどよ」

盂蘭盆会《うらぼんえ》を翌日に控《ひか》えた彦蕎麦の昼下がり、中食時《ちゆうじきどき》の怱忙《そうぼう》が過ぎてほっとひと息吐いた頃、食後の茶を飲みながら、小揚人足《こあげにんそく》の集団が口っ叩《たた》きを始めたのだった。

確か、六、七人はいたかと思える人足が、まるで故郷自慢でもするかのように、やれ、氷見だ、館林《たてばやし》だ、水沢《みずさわ》だと、饂飩自慢を始めたのである。

「けどよ、俺ャ、まだ食ったことがねえが、讃岐饂飩というのはひと味違うというのよ。蕎麦を作るときみてェに、粉を練《ね》って麺棒《めんぼう》で平たく伸ばし、包丁《ほうちょう》で切っていくっていうからよ。多少太めだが、麺にコシがあって喉越《のどご》しがよく、一度食ったら病《や》みつきになるっていうから、俺も一遍《いっぺん》は食ってみてェと思ってよ」

「何を莫迦《ばか》なことを言ってやがる！　俺ャ、根っからの江戸っ子だからよ。麺は蕎麦に限る！　第一《でえいち》、蕎麦と饂飩じゃ、風味合《ふうみあい》が違う。蕎麦はよ、鼻と舌で二度美味《おい》しいってなもんでよ。饂飩と同じ土俵にゃ上げてもらいたくねえや！」

「おう、そうけえ！　じゃ、おめえは斜交いに饂飩屋が出来ても食わねえというんだな？」

「ああ、食わねえ！　俺も男だ。一旦、口にしたからには、金輪際《こんりんざい》、饂飩は食わねえ！」

そう啖呵《たんか》を切ったのが、民治であった。

その民治までが、讃岐屋の行列に並んでいたとは……。

何故《なぜ》かしら、おきわは目の前が真っ暗になったように感じた。

斜交いに饂飩屋が出来たところで、江戸は蕎麦好きのほうが多いのだから、彦蕎麦の味を護《まも》っていけばよい……。

そう思っていたはずなのに、なんだか民治に裏切られたようで、途端に、意気阻喪《いきそそう》してしまったのである。

「女将さん、大丈夫ですよ！　江戸者は新物食いだけど、飽《あ》きるのも早いですからね。根が蕎麦好きなんだから、暫《しばら》く辛抱《しんぼう》すれば、また戻って来ますよ。それに、こんな日でも、ほら、ああして蕎麦を食べに来て下さるお客さまがいるんですよ。有難《ありがた》いことじゃありませんか」

おかずが仕こなし顔に言う。

「そうだね……」

おきわは気を取り戻し、立ち上がった。

とはいえ、口開けしてもう二刻《ふたとき》（四時間）が経《た》つというのに、客の数はまだ十指にも満たない。

やれ、こんなことが続くようなら、店衆《たなし》に手当を払うこともままならなくなる……。

再び、暗澹《あんたん》とした想《おも》いに包まれた、そのときである。

縄暖簾をさっと掻き分け、亀蔵《かめぞう》親分が下っ引きの金太《きんた》と利助《りすけ》を従えて入って来た。

「いらっしゃ……、あら、嫌《いや》だ。親分じゃないですか！」

おまちがぺろりと舌を出す。

「なんでェ、俺が来ちゃ拙《まず》かったかよ！」

「いえ、そんなことは……。駄目《だめ》じゃないか、おまち！　それで、何か……」

おきわが慌てて愛想《あいそ》笑いをする。

「何かって……。そりゃねえだろ？　蕎麦を食いに来たのよ。正午前《めえ》、権八《ごんぱち》って莫迦な男が鈴ヶ森《すずがもり》で処刑されてよ。俺がしょっ引いた男でもあるし、最期《さいご》を見届けようと思い立ち会ってきたんだが、朝餉《あさげ》を食ったきりでへ、だ、る、く（空腹）てよ。俺一人なら、旅籠《はたご》に顔を出して女将に馳走《ごち》になることも出来るんだが、こいつらが一緒じゃそうもいかなくてよ。おっ、二人に何か食わせてやってくれ！　といっても、盛りか掛けだがよ。種《たね》ものは駄目だ。こいつらには勿体《もってえ》ねえからよ。で、俺ャ、いつものように、盛り二枚《にめえ》だ」

亀蔵がどかりと腰を下ろす。

そこに、声を聞きつけ、彦蕎麦の板頭《いたがしら》修司《しゆうじ》が板場から顔を出した。

「いらっしゃいませ。親分、でしたら、一枚はおろしで召し上がって下せえ。まだ試作段階でやすんで、お代を頂《いただ》こうとは思っちゃいやせんので……」

修司がそれでいいかとおきわに目をやる。

「ああ、勿論《もちろん》、それでいいよ。そりゃ是非《ぜひ》にでも、蕎麦通《そばつう》の親分に味見をしてもらわなくっちゃ！」

「おう、そうけえ。じゃ、馳走《ごち》になるとしようか。けど、あいつらはいいからよ。どうせ、ろくすっぽう蕎麦の味も分からねえ抜作《ぬけさく》だ。盛りを二枚《にめえ》ずつやってくれ」

そう言うと、亀蔵は改まったように見世の中を見回した。

「どうしてェ、今日はやけに空《す》いてるじゃねえか……。ははァん、さては、開店したての讃岐屋に客足を奪《うば》われたってことか……。そう言ャ、昼餉時《ひるげどき》はとっくに過ぎたというのに、まだ長蛇《ちょうだ》の列が出来てたっけ……。はン、天骨《てんこち》もねえ！　物珍しいからか美味《うめ》ェからかは知らねえが、並んでまで食いてェかよ！　それによ、江戸者が何が饂飩だよ！　糞《くそ》が呆《あき》れて屁《へ》が引っ込むたァ、このことよ。おう、おきわ、気にすんじゃねえぞ！　あんなもん、三日もすれば、飽きられてしまうからよ」

「気にしてなんかいませんよ。親分のように、蕎麦好きの方がいて下さるんですもの。心強いですわ！」

おきわが無理して、強張《こわば》った頰《ほお》に笑《え》みを貼りつける。

「はい、盛り三丁、お待ち！」

おまちとおかずが盛り蕎麦を運んで来る。

「おっ、これこれ！」

亀蔵が戯《おど》け、芥子粒《けしつぶ》のような目で、片目を瞑《つぶ》って見せた。

「ほう、これがおろし蕎麦か……。おろし蕎麦は以前からお品書《しながき》にあっただろ？　だもんだから、何を今更と思っていたんだが、成程《なるほど》、大根《だいこん》の絞《しぼ》り汁に浸《つ》けて食べるのか……」

亀蔵は瞬《また》く間に盛り蕎麦を食べ終え、続いて運ばれて来たおろし蕎麦を前に目を丸くする。

「越前《えちぜん》ではこういった食べ方をすると聞いたもんだから、試《ため》しに作ってみやしたが、江戸者の口に合うかどうかが心配《しんぺえ》で……。それで、親分に試食していただき、お墨付《すみつ》きが貰《もら》えるようなら、思い切って、お品書に加えてみようかと思ってやす」

修司が心配そうに亀蔵を窺う。

亀蔵は椀《わん》に盛った蕎麦の上に大根の絞り汁をかけ、更にその上に生醤油《きじょうゆ》と薬味《やくみ》の葱《ねぎ》や鰹節《かつおぶし》を載《の》せ、ズズッと啜った。

「どうでやしょう？」

再び、修司が不安そうな顔をする。

亀蔵は満足げに、にっと相好《そうごう》を崩《くず》した。

「こりゃ美味《うめ》ェや！　霰状《あられじょう》になった大根の絞り汁と、鰹節の味が口の中で絡《から》まり、なんとも繊細《せんさい》で奥ゆかしい味じゃねえか……」

「大根の辛《から》みが邪魔《じゃま》になっちゃいやせんか？」

「何言ってんでェ、そこが堪《たま》んねえのよ。盛りに山葵《わさび》が必要なのと同じで、この辛みがおろし蕎麦の味を引き立てているのだからよ。が、俺みてェな蕎麦通にはそれが解《わか》るが、果たして、一般受けするかどうかは……。まっ、女子供にゃ無理だろうがよ」

「するてェと、従来通り、おろし大根の水気を絞って出す方が無難でしょうかね」

「無難といえば無難だが……。そうだ、こうしちゃどうだろう。おめえ、さっき、越前の食い方だとかなんとか言ったよな？　じゃ、越前おろし蕎麦と銘《めい》打《う》ってよ、今までのものと分けて考えたらいいのよ。おろし蕎麦と越前おろし蕎麦は違うって按配《あんばい》によ」

「成程……。確かに、言えてやすね！」

修司が眉《まゆ》を開き、ポンと手を打った。

「良かったじゃないか、修司！　じゃ、早速《さっそく》、お品書に加えるといいよ。おや、もう召し上がったのですか？　なんなら、盛りをもう一枚お持ちしましょうか？」

　亀蔵があまりにも早く食べ終えたのを見て、おきわが驚いた顔をする。

「なに、もう腹はくちくなった。これで充分でェ！　蕎麦ってもんはよ、ちんたら食うもんじゃねえんだ。見なよ、あいつらを！　今やっと一枚目《いちめえめ》を食い終えたばかりだぜ。俺ャ、ああいう奴らを見ていると、向腹《むかばら》が立ってしょうがねえ！　おっ、おきわ、蕎麦湯をくんな」

　亀蔵が楊枝《ようじ》を使いながら言う。

　と、そこに、暖簾を掻き分け、小揚人足の集団が入って来た。

「おい、民治、本当に蕎麦を食うつもりかよ！」

「俺たちゃ、たった今、饂飩を食ってきたばかりなんだぜ！」

「煩《うるせ》ェ！　これが、食い直しをせずにいられようか！　おめえら、もう食えねえというのなら、俺に構うこたァねえからよ。とっとと帰《けえ》っとくれ！」

「付き合うよ。付き合ゃいいんだろ」

「おう、おまち、盛りをくんな！」

　民治が先頭に立ち、五人の人足がどやどやと飯台につく。

「毎度！　それで、皆さん、盛りで？」

おまちが盆に湯呑《ゆのみ》を載せ、いそいそと寄って来る。

「ああ、全員、盛りだ。なっ、皆、それでいいよな?」

民治が仲間の顔を見回す。

「あいよ、盛り五丁!」

おまちの威勢《いせい》のよい声が、板場に向かって鳴り響いた。

おきわが民治の傍《そば》に寄って行く。

「皆さん、讃岐屋に行かれたのですか?」

「ああ、済まねえ。俺ャ、行きたくなかったんだがよ、こいつらがどうしても一度は讃岐饂飩というもんを食ってみてェと言い張るもんだからよ。俺ャ、金輪際、饂飩は食わねえと大きな口を叩いた手前、突っぱねたんだがよ……。食わず嫌いはよくねえ、食わねえのなら、食わねえだけの理由をつけるために、一度は食ってみるべきだ、とこいつらに説得されてよ。それで渋々ついてったんだが、行ってよかったぜ。俺にゃ饂飩は合わねえと、改めて、分かったからよ。ふン、何がコシだよ! 口ん中で、もちゃもちゃしてよ。あんなに不味《まず》いもんを食った後だ、これが、食い直しをせずにおられようかってのよ!」

民治が糞忌々《くそいまいま》しそうに、チッと舌を打つ。

「おやおや……。けど、随分《ずいぶん》と繁盛しているようではないですか。見世の前に、空席待ちの列が出来ているとか……」

「それよ！　俺の業《ごう》が煮《に》える理由のひとつが、四半刻《しはんとき》（三十分）以上も待たされたことよ。こちとら、一仕事を終えた後で、へだるくて堪らねえというのによ。さんざっぱら待たされた挙句《あげく》、ねちねち、もちゃもちゃした饂飩を食わされ、蕎麦のようにズッといかねえところが、また、鶏冠《とさか》に来てよ」

「そりゃ、おめえが釜玉《かまたま》なんてもんを頼むからよ。俺ャ、ざる饂飩を食ったから、つるつる喉《のど》を通ったぜ」

石《いし》と呼ばれる人足がそう言うと、梅《うめ》という男も相槌《あいづち》を打つ。

「そうでェ、民さんがいうほど悪かァなかったぜ。俺ャ、ぶっかけを食ったんだが、おろし大根やカボス、生姜《しょうが》、天かすまで入っていて、そう、彦蕎麦のおろし蕎麦とおっつかっつの味だったぜ」

「それによ、他人《ひと》が食ってるのを目にしたが、山かけや、きつね、釜揚《かまあ》げといった温《あつた》けェ饂飩もなかなか美味そうだったぜ。俺ャ、この次は温けェのを食ってみてェと思ってよ」

石がそう言うと、民治がカッと目を剝《む》いた。

「ああ、行きたきゃ、次は一人で行っとくれ！　まかり間違っても、俺を誘《さそ》おうなんて思うんじゃねえぜ」

「まあ、民さんたら……。さあさ、盛りが上がりましたよ。これを食べて、機嫌《きげん》を直して下さいな」

おきわが、早く運ぶように、と小女たちに目まじする。

どうやら、下っ引き二人も二枚目を食い終えたようである。

おきわは亀蔵の飯台へと戻った。

「あいつら、讃岐屋からの帰《けえ》りかよ。食い慣《な》れねえものを食った後、蕎麦の味が恋しくなるたァな……。が、俺にも、あいつらの気持が手に取るように解るぜ。おっ、馳《ご》走《ち》になったな。こいつらのと併《あわ》せて、盛り五枚分《ごめえぶん》、八十文でいいんだな？」

亀蔵が早道《はやみち》（小銭入れ）から銭を取り出す。

「毎度、どうも！」

おきわは頭を下げ、ふっと頬を弛《ゆる》めた。

「そう、それそれ！　おめえは正直なもんだからすぐに顔に出るが、あんまし心配《しんぺえ》するんじゃねえぜ。彦蕎麦の味を護り、真面目《まじめ》に商売《しようべえ》してりゃ怖《こわ》いものなし！　女将はよ、見世の鑑《かがみ》なんだからよ。おめえが暝《くれ》ェ顔をしてたんじゃ、見世全体が暝くなる……。おめえもおりきさんにそのことを教わっただろうが！　まっ、我勢《がせい》するこった。俺もちょくちょく覗いてみるからよ」

おきわは照れたように、こくりと頷《うなず》いた。

そうして、亀蔵たちが彦蕎麦を出ると、讃岐屋の前には、まだ長い列が出来ていた。

既に、八ツ（午後二時）を廻《まわ》っている。

全《まった》く、なんだっつゥのよ！

亀蔵の胸に、たとえようのない憤怒《ふんぬ》が衝《つ》き上げてくる。

が、立場《たてば》茶屋《ぢゃや》おりきのほうに身体を返そうとして、目の端《はし》に、顔見知りを捉《とら》えたように思った。

慌てて目を返し、亀蔵はあっと息を呑《の》んだ。

行列の中に、幾富士《いくふじ》の姿があったのである。

どうやら幾富士は連衆《つれし》と一緒らしく、三十路《みそじ》半《なか》ばの優男《やさおとこ》と肩を寄せ合い、何やら囁《ささや》き合っている。

誰でェ、あの男は……。

亀蔵は芥子粒のような目を皿にして、男を凝視《ぎょうし》した。

が、見覚えのない顔である。

風体《ふうてい》からして、どこかの大店《おおだな》の主人《あるじ》か若旦那のようだが、亀蔵に見覚えがないということは、この界隈《かいわい》の者ではないということなのだろう。

するてェと、客か？

幾富士の贔屓《ひいき》筋《すじ》だとすれば、亀蔵が知らなくても不思議はないが、どう見ても、あの二人は理《わり》ない仲……。

それが証拠に、あの鼻っ柱《ぱしら》の強い幾富士が、傍目《はため》も憚《はばか》らずに、仕為振《しなせぶり》（艶《なま》めいた仕《し》種《ぐさ》）ににじなついている。

「親分、どうかしやしたか？　帰《けえ》らねえんで？」

金太が訝《いぶか》しそうに目を瞬《しばたた》く。

「おう、おめえら、先に帰《けえ》ってな！　俺ャ、ちょいと旅籠《はたご》に用が出来たからよ」

「やっぱなァ！　親分が立場茶屋おりきの前を素通りするはずがねえと思ってたんだ」

「喧《やか》しい！　四の五の言ってねえで、とっとと帰《けえ》んな！」

亀蔵が気を苛《いら》ったように鳴り立てる。

「おっと、おっかねえ……。くわばらくわばら！」

金太と利助が風を食らって逃げて行く。

亀蔵は、やれ……、と肩息《かたいき》を吐いた。

亀蔵が声をかけて帳場に入ると、女たちが一斉《いっせい》に振り返った。

おりきにおうめ、おみの、それに、とめ婆《ばあ》さんまで……。

何ゆえ、とめ婆さんまでが……と、その妙な取り合わせに、亀蔵は目を瞬いた。

「あら、親分。丁度宜《よろ》しかったわ！　今、末吉《すえきち》を遣《つか》いに走らせようと思っていましたのよ」

おりきが上擦《うわず》った声を出し、おうめが、早く、早く、と手招きをする。

「おめえら、雁首揃《がんくびそろ》えて、一体《いってえ》、何をやってるんでェ！」

亀蔵が愛想《あいそ》のない顔をして寄って行く。

「ほら！」

おりきが茶目っ気たっぷりに、茶箱の中を覗いてみろと目まじする。

「なんと、雪駄《せった》じゃねえか！　それも、こんなに沢山……。おっ、足駄《あしだ》や子供用の竹皮《たけかわ》（草履《ぞうり》）まであるじゃねえか」

「小田原《おだわら》の時蔵《ときぞう》さんが送って下さったのですよ。ほら、ここを発《た》つときに、小田原に帰ったら、漁の合間に雪駄や下駄《げた》を作って、世話になったお礼に、立場茶屋おりきの皆に進呈《しんてい》したいと、そう言われていましたでしょう？　漁の片手間《かたてま》にこれだけ作るのは大変だったでしょうに、ちゃんと約束を果たして下さったのですよ」

「立場茶屋おりきの皆にって……。ええっ、じゃ、旅籠《はたご》衆ばかりか、茶屋《ちゃや》衆《し》の分まであるのか！」

亀蔵が大仰《おおぎょう》に驚いてみせると、女中頭のおうめがくっと肩を揺《ゆ》すった。

「それどころか、彦蕎麦の連中に、子供たち、善爺《ぜんじい》やとめ婆さんの分まで、それに、勿論、親分の雪駄も入っていますよ！」

「俺のも？　へえ……、時蔵の野郎、気が利くじゃねえか」

「あら、当然じゃないですか。あの男《ひと》、親分に一番世話になったのですもの、何はさておき、親分と女将さんに礼をと思うのが筋ですよ。けど、あたしたちにまで気を遣ってくれて、その気持が嬉《うれ》しくてさァ……。それで現在《いま》、どれを誰に廻そうかと相談してたんですよ。けど、親分と女将さんのは決まっていますよ。ちゃんと、名札がつけてありましたからね。ほら、これ……。裏付《うらづけ》（草履）にしたのは、岡っ引きという仕事柄、すぐにすり減《へ》ってしまうからでしょうね。女将さんのが京草履《きょうぞうり》というのも、心憎《こころにく》いねえ……。あたし、時蔵という男を見直しましたよ」

おうめが天鵞絨《びろーど》で縁取《ふちど》りされた竹皮の京草履を手に、惚《ほ》れ惚《ぼ》れとしたように目を細める。

「それで、おめえたちゃ、何を迷ってるんだよ」

亀蔵に言われ、おうめとおみのが顔を見合わせる。

「あたしたち女衆《おなごし》は吾妻下駄《あずまげた》なんですけどね。問題は、鼻緒《はなお》でさ……。ほら、いろんな色があるでしょう?　それで、誰に、どの鼻緒の下駄を渡そうかと迷っているんですよ」

「ほう、それで、一丁前《いっちょうまえ》に、とめ婆さんも額をつき合わせてるってェのか。おめえさんの歳《とし》で、赤や黄色でもなかろうものを！」

「それがさ、とめさんに似合いそうな色といっても、この紫か青しかなくてさ。それで、先にとめさんに選んでもらい、残ったほうをおきわのおっかさんに廻そうかと思ってさ」

おうめがとめ婆さんの顔を窺う。

「あたしなら、もう決まってるさ。紫にするよ。青といったって、甕《かめ》のぞきくらいの青ならまだしも、紺色《こんいろ》じゃ辛気臭《しんきくさ》くて敵《かな》わないからね！　その点、紫は高貴な色だか

「おう、婆さんも言うじゃねえか！　そうこなくっちゃ！　女《おな》ごは棺桶《かんおけ》に脚《あし》を突っ込むまで、洒落《しゃれ》っ気《け》がなくっちゃな」

「当た棒よ！　じゃ、貰っていってもいいんだね？」

とめ婆さんが吾妻下駄を胸に、帳場を出て行く。

「では、後はおまえたちに委《まか》せましたよ。二人で相談して、皆に配って下さいな」

おりきがそう言うと、おみのが戸惑《とまど》ったように、子供用の竹皮を数える。

「女将さん、どうします？　竹皮が二つしかないんだけど……。ということは、おいねちゃんとみずきちゃんが竹皮で、おきちちゃんは大人用ってことなんですかね？　けど、そうだとすれば、あすなろ園の子供たちだけが貰えないってことになりますよ」

ああ、そうだった……、とおりきも眉根《まゆね》を寄せる。

時蔵は立場茶屋おりきにあすなろ園が出来たことや、子供の数が増えたことを知らない。

時蔵は店衆が倹《つま》しい小遣い銭の中から、路銀《ろぎん》の足しにと募金してくれたことを恩に着て、こうして律儀《りちぎ》に礼をしようとしたのだが、その結果、おいねやみずきだけが新しい竹皮を貰い、それでなくても肉親を失い心細い思いをしている卓也《たくや》たちが指を銜《くわ》えて眺《なが》めることになったのでは……。

「よく気づいておくれだね。おうめ、子供たちに竹皮を配る前に、天狗屋《てんぐや》にひとっ走りしておくれでないかえ？　男の子用の竹皮を二足、女の子用を一足、極力、時蔵さんの竹皮に似たものを選んで下さいな」

おりきが長火鉢《ながひばち》の小引き出しから細金《こまがね》を取り出す。

「じゃ、その間に、あたしが茶屋衆に下駄を配ってきます。板場衆《いたばし》には足駄、女衆に吾妻下駄でいいんですよね？　鼻緒は向こうで適当に選んでもらいます」

おみのが旅籠衆の頭数を数え、それだけを取り分けると、茶箱を抱え上げようとする。

が、亀蔵はおうめの姿が帳場から消えるのを確かめると、おう、おみの、と仕こなし顔をした。

おみのが茶箱を畳《たたみ》に戻すと、えっと驚いたように振り返る。

「権八の奴、昼前《ひるめえ》に処刑されたぜ」

さっと、おみのの顔から色が失せた。

おりきの顔も強張る。

「親分が見届けられたのですか？」

「ああ……。俺もてめえがしょっ引いた男の最期を見届けるのは辛かったが、せめて、別れの立酒《たちざけ》を飲ませてやりたくてよ。あいつ、しょっ引かれたときには虚勢《きょせい》を張って、引かれ者の小唄《こうた》を曰《のたま》ってたが、俺の顔を見た途端、ぽろぽろ涙を零《こぼ》してよ。おめえに済まねえことをしたと謝ってたぜ」

ああ……、とおりきは目を閉じた。

そもそも、権八には島抜《しまぬ》けした罪があり、打首《うちくび》になっても仕方がないのであるが、捕《つか》まる契機《きっかけ》となったのは、おみのを脅《おど》したこと……。

少なからず、おりきもそれに関《かか》わり、権八が捕まるところを目の当《ま》たりにしたのであるから、処刑されたと聞くと、やはり、心穏《こころおだ》やかではない。

だが、おみのの想いはそんな生はんじゃく（生半可《なまはんか》）なものではないだろう。

おりきはそっとおみのを窺った。

「あたし……、あたし……。あたしのせいで、権八さんが処刑になったのかと思うと……」

おみのは項垂《うなだ》れ、肩を顫《ふる》わせた。

「てんごうを！　莫迦も休み休み言いな。権八はよ、おめえを強請《ゆす》ったために打首になったんじゃねえ。島抜けの罪で処刑されたんだ。そりゃ、おめえのことが契機となってお縄《なわ》になったのには違《ちげ》ェねえが、おめえのことがなくても、あの男があのまま大人しくしているはずがねえからよ。遅かれ早かれ、しょっ引かれたのに違ェねえんだ。だから、気にするんじゃねえ！　俺ャ、おめえには権八が処刑されたことを黙っていようかと思ったんだが、おめえがこれから生きていくうえで、柔《やわ》な気持じゃ乗り切っていけねえからよ。現実を知る意味で、敢《あ》えて、話した……。それによ、考えてもみな？　兄貴のことだって、もっと前《めえ》に女将に打ち明けていたら、あの男にみすみす三両も強請られるこたァなかったんだからよ」

亀蔵は些《いささ》か言葉尻がきつかったと思ったのか、ちらとおりきを窺った。

「おみの、親分のおっしゃるとおりです。これで何もかもが終わったのですよ。後は、お兄さまが元気で戻って来られるように祈るだけです。さあ、茶屋衆に下駄を配っていらっしゃい！」

おりきはそう言い、おみのに手を貸し、茶箱を持ち上げた。

「では、行って参ります」

おみのが亀蔵にぺこりと頭を下げ、帳場を後にする。

「お茶を淹《い》れましょうね。あら、でも、親分、お腹は？　鈴ヶ森からの帰りでは、お腹が空《す》いているのではありませんか？」

「いや、彦蕎麦で蕎麦を食ったからよ」

あらっと、おりきが手を止める。

「彦蕎麦はどうでした？　今日、斜交いの讃岐屋が開店とか……。さぞや、影響があるのではとわたくしも案じていましたのよ」

「ああ、確かに、影響はあるようだ。讃岐屋では空席待ちの客が列を作っていたが、中食どきだというのに、彦蕎麦じゃ閑古鳥が鳴いていたからよ」

まあ……、とおりきが途方《とほう》に暮れたような顔をする。

「けど、心配《しんぺえ》するこたァねえ。現在《いま》は物珍しさから行列を作っているが、江戸者は新物食いで飽きるのも早《はえ》ェからよ。それによ、江戸には蕎麦食いが多い。彦蕎麦の味を大切《てえせつ》に護ってりゃ、必ずや、客足が戻ってくるってもんでェ……」

亀蔵はそう言い、今し方見てきたばかりの小揚人足の話をした。

「なっ、物珍しさから一旦浮気《うわき》をしてみたが、早速、戻って来た奴もいれば、俺みてェに端《はな》から饂飩屋にゃ行かねえ者もいる。おきわにもそう言ってやったんだがよ」

「そうですか。わたくしからも心配をすることはないとよく言って聞かせましょう。

見世をやっていますと、様々《さまざま》なことに遭遇《そうぐう》します。けれども、それに一喜《いっき》一憂《いちゆう》していたのでは、女将は務《つと》まりませんからね。彦蕎麦だって、開店したての頃は見世の前に行列が出来たほどですし、茶屋も土用鰻《どよううなぎ》では引きも切らずにお客さまがやって来て、一日中、席の温まる暇《いとま》もないほどの忙しさでしたが、現在《いま》は落着いていますものね。ふふっ、年中三界《ねんじゅうさんがい》、行列が出来ないのは、この旅籠だけですわ」

「何言ってやがる！　ここは予約客しか取らねえからじゃねえか。しかもよ、その旅籠が一番儲《もう》けてるというのによ。おう、そう言ヤ、行列といえば、讃岐屋の行列の中に、誰の姿を見たと思う？」

亀蔵が思わせぶりな言い方をする。

「…………」

おりきは長火鉢の猫板《ねこいた》に亀蔵の湯呑を置くと、えっと首を傾《かし》げた。

「幾千代《いくちよ》のところの、幾富士よ」

「まあ、幾富士さんが……」

「それがよ、一人じゃなかったのよ。コレ連れでよ！」

亀蔵が親指を立ててみせる。

「…………」

亀蔵は一体何を言おうとしているのであろうか……。

芸者が客と連れ立って出歩くことなど、さほど珍しいことでもない。

それなのに、亀蔵のこの仕こなし振り……。

亀蔵はそんなおりきを焦《じ》らすかのように、徐《おもむろ》に、口に湿《しめ》りをくれた。


「おめえさん、この頃うち、幾富士に男が出来たと幾千代から聞いちゃいねえか？」

亀蔵がおりきを睨《ね》めつける。

「いえ……。男って、つまりそのォ……」

「旦那よ。いや、正式に水揚《みずあ》げされたってことじゃなく、心底尽《しんていずく》になっているとか、つまりよ、理ない仲となっている男のことなんだがよ」

「さあ……。幾千代さんからは何も聞いていませんが、幾富士さんが一本になられたのは、昨年の秋も深まった頃……。その折も、幾富士さんのお披露目《ひろめ》にかかる入目《いりめ》（費用）の何もかもを、誰にも頼らず、幾千代さんがご自分で仕度《したく》なさったのですよ。ですから、幾富士さんに特定の旦那はいないと思います。それは、金や殿方《とのがた》に縛《しば》られることなく、芸で身を立てていく道を選ばれた幾千代さんの矜持《きょうじ》でもあるのです。ですから、幾富士さんにも同じ道を歩ませようとお思いになったのに違いありません。それなのに、今更、旦那だなんて……」

「いや、俺もよ、幾千代が自前で幾富士を一本にさせたことは知っている。可哀相《かえいそう》に、幾千代の奴、せっかく溜《た》め込んだ金を幾富士のお披露目に注ぎ込んじまったんだからよ。だからよ、幾富士が水揚げされたのじゃねえことくれェ知っている。けどよ、幾富士とて、現在《いま》が女盛り……。好いた男の一人や二人いたところで、不思議はねえからよ。しかも、一本になって、もう十月《とつき》だぜ。あの愛想なしで俠《きゃん》な幾富士でも、名指しで座敷に呼ばれる回数が増えれば、濡《ぬ》れの幕（恋愛）を演じたくなる男に出逢《であ》ったところで、一向《いっこう》におかしくはねえからよ……。こりゃ、俺の永年《ながねん》の勘《かん》だが、あの二人はどう見ても鰯煮《いわしに》た鍋《なべ》（離れがたい関係）！　正《まさ》な話、俺ヤ、あんなじょなめいた幾富士を初めて見たぜ」

「それで、親分はその殿方に見覚えがないとおっしゃるのですね？」

「ああ。この界隈のことなら大概《てえげえ》のことは知っているが、その男は面識がねえ。身形《みなり》や風体からして、大店の主人か若旦那と思えるが、大木戸《おおきど》より東のこととなったら、如何《いか》に俺でも、知りようがなくてよ」

「けれども、仮に、幾富士さんとその方が男女の仲だとしても、幾富士さんは大人なのですもの、大きな問題がなければそれでよいかと……。ああ、でも、幾千代さんがそのことを知らないのだとしたら、問題ですわね。あの方は何よりも隠《かく》し事をすることを嫌《きら》われますからね」

「それなのよ、俺が言いてェのは！　それで、おまえさんに訊《き》けば、幾千代が知っているのかどうか判《わか》ると思ってよ」

「いえ、この前幾千代さんにお逢いしたのは行方不明になった勇次を連れて来て下さったときですが、あのときは幾千代さんがお急ぎの様子でしたし、地震見舞いに猟師《りょうし》町《まち》をお訪《たず》ねしたときも、姫《ひめ》の姿が見当たらないと前後を忘れた状態でしたので、とても、落着いて話など出来ませんでしたの」

「姫？」

亀蔵がとほんとした顔をする。

「ええ……。飼《か》い猫なんですけどね」

「なんでェ、つがもねえ（馬鹿馬鹿しい）！　それで、その猫はいたのかよ」

「ええ、地震とその後に起きた火災に怯《おび》えてしまい、一廻《ひとまわ》り（一週間）ほど姿を消していたらしいのですが、幸い、幾千代さんの仕舞《しも》た屋は無事でしたし、周囲《まわり》が落着きを取り戻したのを見て、帰って来たそうですの。おたけさんというお端女《はした》が知らせに来てくれましてね。というのも、わたくしが幾千代さんを訪ねたときには、姫がいなくなって三日目だったのですが、幾千代さん、粥《かゆ》も喉を通らないほどに気落ちしていましてね。あれでは幾千代さんのほうが参ってしまうのではないかと心配になり、何かあったら知らせてほしいと頼んでいたからなのです。それで、姫が帰って来て、幾千代さんがすっかり元気を取り戻したので安心するようにと報告に来て下さったのですが、わたくしも胸を撫《な》で下ろしましてね」

「ヘン、何が猫だよ！　あんときゃ、この界隈には、地震で身内や家を失った人間さまがごまんといたんだぜ。それなのに、高々、猫一匹で大騒ぎをするとはよ！　俺ャ、幾千代を見損《みそこ》なったぜ！」

「…………」

亀蔵が忌々しそうにどしめくが、おりきには返す言葉がなかった。

亀蔵の言い分は、至極《しごく》ごもっとも……。

が、おりきには幾千代の姫にかける想いが、解りすぎるほど解っていたのである。

幾千代にとって、黒猫の姫は娘同然……。

いや、寧《むし》ろ、分身《ぶんしん》といってもよいだろう。

幾千代は深川遊里《ふかがわゆうり》で女郎《じょろう》をしていた頃、将来を誓《ちか》った紙問屋の番頭半蔵《はんぞう》が冤罪《えんざい》を被《こうむ》り、鈴ヶ森で斬首《ざんしゅ》されてしまったのである。

半蔵が柳行李《やなぎごうり》の底に十両の金を隠し持っていたことで、見世の金を盗んだと罪に問われたのであるが、その金は幾千代を身請《みう》けしようと爪《つめ》に火を点《とも》すようにして溜めた金だった。

結局、消えたと思われていた店の金は離れ座敷の引き出しから見つかったが、そのことが判明《はんめい》したのは、半蔵が処刑された後のこと……。

あたしのせいで、あの男《ひと》を死なせてしまった……。

幾千代は生涯後ろめたさを背負《せお》っていかなくてはならなくなったのである。

幾千代は半蔵が処刑された鈴ヶ森から離れまいと、品川宿で自前芸者となってからも、芸者稼業の傍《かたわ》ら大尽貸《だいじんかし》をしながら、他人《ひと》に頼らず、常に肩肘《かたひじ》を張って生きてきた。

その幾千代の心を支えたのが、黒猫の姫である。

姫の中に我が姿を、いや半蔵を、もしかすると二人の間に生まれたかもしれない子の姿を、幾千代は見ていたのである。

現在《いま》の姫は二代目となり、初代の姫が姿を消したときにも幾千代はすっかり気落ちしてしまい、ろくに食事が喉を通らなくなったという。

けれども、あのときの姫は十四歳と高齢《こうれい》で、それで、死を悟《さと》って姿を消したのだろうと諦《あきら》めたのだが、心にぽかりと穴が空《あ》いたような喪失感《そうしつかん》は、そうそう癒《い》やされるものではなかった。

それで、周囲《まわり》が一計《いっけい》を案じ、すっかり憔悴《しょうすい》してしまった幾千代を励《はげ》まそうと、先代の姫にそっくりな子猫を捜《さが》し出してきて、姫が生まれ変わってきてくれたのだと思わせることにしたのである。

そんなふうに、人の持つ価値観は一様《いちよう》には計《はか》れない。

亀蔵には決して理解できないことでも、幾千代には姫は掛《か》け替《が》えのないものであり、生きる支えとなっているのであるから……。

「まっ、猫のこたァそれでいいや。するてェと、幾千代がそんなふうなんじゃ、とてもじゃねえが、幾富士のことに構っちゃいられねえやな？」

一を聞いて十を知る、賢《さと》い亀蔵である。

おりきの複雑な表情に、猫のことにはこれ以上触《ふ》れないほうがよいと感じたようで、話題を戻した。

「親分」

おりきが亀蔵を見据《みす》える。

「暫く、幾富士さんのことはこのままにしていて下さいませんか？　現在《いま》、余計な差《さし》出《で》をして、却《かえ》って、ことを荒立《あらだ》てることになっても困ります。噂《うわさ》として、自然に幾千代さんの耳に入る分には致し方ありませんが、この件に関しては、わたくしたちは口を挟《はさ》まないほうがよいと思います」

「まっ、そういうこったな。じゃ、俺も帰《けえ》るとするか……。おっ、この裏付は俺が貰ってってても構わねえんだな？」

亀蔵が裏付草履を手にする。

「おお、底がしっかりしていて、こいつァ、履《は》き心地が良さそうだ。時蔵に礼状を出すついでがあったら、俺が悦《よろこ》んでいた、大切《てえせつ》に履かせてもらうと言ってたと伝えてくんな」

「解りました」

亀蔵が帳場を出て行くと、入れ替わりに、おうめとおみのが戻って来る。

おうめは子供用の竹皮を手にしている。

「時蔵さんが小田原から雪駄や下駄を送ってきたと話したら、天狗屋の内儀《おかみ》さんが、それじゃ、うちもあすなろ園のためにひと肌脱《ぬ》がなきゃと言って、この竹皮を下さったんですよ。あたし、それは駄目だ、ちゃんとお代を払いますと言ったんだけど、どうしても受け取ってもらえなくて……。それで、お礼を言って貰ってきたんだけど、いけなかったかしら？」

おうめが怖《お》ず怖ずとおりきを窺《うかが》う。

「まあ、みのりさんが……。いけなくはありませんよ。改めて、わたくしがお礼に伺《か》うことにして、有難く、厚意《こうい》をお受けすることにしましょう。おや、まっ、なんて可愛《わい》い鼻緒でしょう！　では、彦蕎麦とあすなろ園のほうは宜しくお願いしますね」

おりきは微笑《ほほえ》んだ。

ところが、茶屋衆に下駄を配ってきたばかりのおみのが、困《こう》じ果てたような顔をする。

「それが……。茶屋の女衆に配った後、改めて数えてみたんだけど、吾妻下駄の数が一つ足《た》りないんですよ。それで思ったんだけど、時蔵さんや芳坊《よしぼう》がここにいた頃には、貞乃《さだの》さまは素庵《そあん》さまのところから通っておられたでしょう？　それで、時蔵さんの頭に貞乃さまが入っていなかったのじゃなかろうかと……。けど、現在《いま》は、貞乃さまは立場茶屋おりきの仲間ですからね。貞乃さまだけが貰わないのでは、それこそ差別をしたようで、あの方の前では、さつきさんや子供たちに配れないような気がして……」

「じゃ、もう一遍、あたしが天狗屋にひとっ走りしようか？」

「おうめ、お止《よ》しなさい！　そんなことをしたのでは、またもや、みのりさんに甘えることになるのですよ。おみの、貞乃さまにはこれをお渡しなさい」

おりきがおうめを制すと、京草履を差し出す。

「えっ、これは女将さんの草履じゃないですか！」

「そうですよ。せっかく、女将さんにと心を込めて作ったというのに、女将さんに履いてもらえないのでは、時蔵さんが哀《かな》しみますよ」

おうめとおみのが口々に言う。

「ええ、解っています。けれども、この際、わたくしは時蔵さんの気持だけを有難く頂戴《ちょうだい》することに致します。それにね、わたくしにはまだ履き下ろしていない草履がありますの。先代が遺《のこ》して下さったものも沢山ありますしね。それより、実際に必要としている者が履くほうが草履も悦《よろこ》ぶでしょうし、時蔵さんも満足なさることでしょう。わたくしはね、時蔵さんやみのりさんの厚意や、皆の悦ぶ顔が見られたら、それでもう大満足なのですよ」

「………」

「そうですかァ……。女将さんがそうまで言われるのなら……。解りました。では、貞乃さまには余計なことは言わずに、時蔵さんからだと言って、渡しましょうね」

二人はようやく納得《なっとく》したようで、顔を見合わせた。

その頃、幾千代は廻り髪結《かみゆい》の七之助《しちのすけ》につぶし島田《しまだ》を結《ゆ》ってもらっていた。

「此《こ》の中《じゅう》、姐《ねえ》さんはつぶしばかりで、島田を結っていなさらねえが、それは、やはり、幾富士さんを黒猫屋《くろねこや》の看板に立て、そろそろ現役《げんえき》を退《ひ》こうと思っていなさるからで？」

七之助は元結《もとゆい》をきりりと結ぶと、鏡に映《うつ》った幾千代の顔を覗き見た。

「あちしが一線を退くだって？　誰がそんなことを言った！」

幾千代がきっと鋭い目で鏡を見返す。

七之助は慌てたようである。

途端に、声が裏返り、いえ、その、誰かって……、と言い淀《よど》んだ。

「いえね、巷《ちまた》でそんな噂がちらほらと……。というのも、この頃うち、随分と幾富士さんの指名が多く、引きも切らずにお座敷がかかるってんで、そろそろ幾富士さんを看板に立て、姐さんは置屋《おきや》の女将に鞍替《くらが》えするんじゃなかろうかと……」

「おかっしゃい、いい、いい！　てんごう言うのも大概《たいがい》にしてくんな。誰が置屋の女将なんかに！

あちしはさあァ、芸者稼業を天職《てんしょく》と思ってるんだ。そりゃさ、他人《ひと》さまの前に出るのがみっともないほどに焼廻《やきまわ》っちまったり、三味線《しゃみ》を弾《ひ》くのも覚束《おぼつか》ないほど霜《しも》げちまったら、今や、潮時《しおどき》とあっさり引き下がるさ！　けど、生憎《あいにく》だったね。こんなあちしでも、未《いま》だに三味線は幾千代でなきゃと言ってくれる客がいるもんでね！　それに、黙って聞いてりゃ、黒猫屋とはなんだえ？　置屋でもないのに、屋号《やごう》なんてあるわけがないだろ！」

「えっ、違うんで？　俺ャ、箱屋が幾富士さんのことを黒猫屋の幾富士さんと呼んでいたんで、てっきり、幾千代姐さんが屋号を黒猫屋と決めなすったんだと思ってやしたが……。ああ、じゃ、あれはちょうらかし（冗談）だったんだ……」

七之助はそう言いながらも、笄《こうがい》に髪を八の字に巻きつけていく。

「いつ見ても、たっぷりとした御髪《おぐし》で……。これだけの量があると、あっしも結い甲《が》斐《い》があるというもんで……」

七之助はお上手《じょうず》を言うのにも、抜かりがない。

「それで、幾富士は黒猫屋と呼ばれて、なんて顔をしていた？　えっ、平気な顔をしていたとでもいうのかえ？」

「平気かどうかは分かりやせんが、別に、嫌な顔もしていやせんでしたよ。それに、柊屋《ひいらぎや》に幾福《いくふく》という半玉《はんぎょく》がいやしてね。イクフジ、イクフクではこんがらがっちまう……。まっ、幾福のほうには柊屋という冠《かんむり》がついてるんで、柊屋の幾福と呼べばいいんだが、幾富士に冠がねえと間違えてしまうってんで、それで、箱屋ばかりか見番《けんばん》でも、この頃うち、そう呼んでいるようですぜ」

「けど、黒猫屋とは、誰がまた……」

「案外、幾富士さんがそう呼んでくれと言ったのかもしれやせんぜ」

「幾富士が？」

「あっしは小粋《こいき》でよい名だと思いやすがね……。第一《でえいち》、幾千代姐さんは黒猫とは切っても切れねえ縁《えん》がある。姐さんの話が出ると、必ずといってよいほど、ああ、あの黒猫の？　と言われるほどでやすからね」

「まっ、そりゃ、あちしも黒猫は好きだけどさ。ふぅん、黒猫屋か……。悪かァないね。けど、置屋でもないのに、屋号をつけちゃっていいんだろうか」

「いいってことですよ。そのほうが便利なんだから……。第一《でえいち》、見番がそう呼んでるってェのに、誰が文句を言いやしょうか」

七之助がつぶし島田を結い上げると、鼈甲《べっこう》と蒔絵《まきえ》の櫛《くし》のどちらを挿《さ》すかと訊《たず》ねる。

「そうさね、今日は蒔絵にしておくれ」

そう言うと、手鏡で鏡台を映し、髷《まげ》の出来を確かめる。

「ああ、いい出来だ。おかたじけ！　おまえさん、急ぐかえ？　急がないのだったら、菊酒《きくざけ》でも飲んでいくといいよ」

幾千代が厨《くりや》に向かって、ポンポンと手を叩く。

お端女のおたけが居間に顔を出す。

「七之助さんに菊酒を振る舞ってあげ」

「栗飯《くりめし》はどうします？」

「おまえさん、お腹は？　今日は重陽《ちょうよう》（九月九日）だ。よかったら、栗飯も食ってくといいよ」

「へっ、馳走《ごち》になりやす。そう言ャ、幾富士さんの姿が見えねえようですが、もう、お座敷で？」

「いいえね、此の中、どういう風の吹き回しか、一番風呂に行ったかと思うと、わざわざ結床《ゆいどこ》にまで出掛けて行き、四ツ（午前十時）前には舞《まい》の稽古《けいこ》だとか、三味線の稽古だとお師《し》さんの元に出向き、その脚でお座敷に出ちまうもんだから、あちしはろくすっぽう話もしていなくてさ。温習会《おんしゅうかい》も近いもんだから、泥縄《どろなわ》ってわけなのさ」

「へえェ……、舞の稽古にね」

七之助が奥歯に物が挟まったような言い方をする。

「なんだえ？　気に入らないね。言いたいことがあるのなら、はっきりと言ったらどうだえ！」

「えっ、ええ……」

そこに、おたけが菊酒と栗飯を運んで来る。

「まっ、取り敢えず、お上がり。縁起《えんぎ》ものだからね。一口でも食べておいたほうがいい」

そう言って、片口鉢《かたくちばち》に入った菊酒を湯呑に注《つ》いでやる。

七之助は恐縮《きょうしゅく》したように肩を竦め、栗飯を頬張《ほおば》り、菊酒を啜った。

「姐さんはお上がりにならねえんで？」

「なに、あちしは湯屋《ゆや》から帰ってすぐに食べたんでね。それで、おまえさん、何が言いたかったんだえ？」

七之助が箸《はし》を置き、幾千代を睨めつける。

「つかねえこったが（出し抜けだが）、幾富士さんに旦那がつきやしたんで？　というのも、幾富士さんが近いうちに身請をしてもらうと吹聴《ふいちょう》していると耳にし、あっしは思わず耳を疑っちまって……。だって、そうじゃありやせんか。幾富士さんは姐さんの手でお披露目をなさった。てこたァ、金に縛られていねえってことだが、その幾富士さんが身請されるなんて到底《とうてい》考えられねえ……。それで、つがもねえ噂話だろうと思っていたら、ここんとこ立て続けに、幾富士さんが旦那らしき男と連れ立って、じゃつくようにして歩く姿を目にしやしてね」

七之助が気を兼ねたように、幾千代を窺う。

幾千代は唖然《あぜん》としたように七之助を見た。

青天の霹靂《へきれき》とは、まさにこのことである。

まさか、幾富士に男が……。

自前で一本になった幾富士には旦那を持つ必要がないといっても、あの娘《こ》も二十二歳。

男が出来たところで不思議はない。

が、凡《およ》そ、幾富士という女ごは婀娜《あだ》っぽさなど皆無《かいむ》といってもよく、逆に、俠で伝法《でんぼう》なところが売りともいえる。

「芸者は芸を売って、なんぼ！　一に泣き、二に床上手《とこじょうず》、三に器量《きりょう》なんて、糞食《くそく》らえってェのよ。あたしは雪路《ゆきじ》姐さんみたいに客に媚《こび》を売ろうとは思わない。色香《いろか》でしか勝負が出来ないなんて、水気がなくなったら終《しま》いじゃないか！」

幾富士はことあるごとにそう豪語《ごうご》し、客の前で嬌態《きょうたい》を見せる芸者を軽蔑《けいべつ》していたのである。

その幾富士が男にじなつくようにして歩いていたとは……。

「ああ、では、姐さんは何もご存知なかったのでやすね……。けど、幾富士さんに男が出来たとして、身請とは一体《いってえ》どういうことなんでしょう？　通常、芸者を身請する場合は、旦那が置屋に身の代を払って女ごを自由の身にし、囲《かこ》い者にするか、まっ、たまに内儀の座に納まる運のよい女ごもいるが、それが相場でやしょ？　ところが、幾富士さんに借りがあるとすれば、置屋ではなく姐さんにだ。ええっ？　てこたァ、幾富士さんは本気で姐さんの手から離れようと思ってるってことでやすか？　まさか、そんな……」

七之助が鬢盥《びんたらい》に梳櫛《すきぐし》や鋏《はさみ》を仕舞いながら、大仰に驚いてみせる。

なんて奴だえ、糞！　こいつ、愉《たの》しんでやがる……。

幾千代は肝《きも》が煎《い》れたように、じろりと七之助を流し見た。

「おまえさん、生利《なまぎき》（知ったかぶり）なことを言うもんじゃないよ！　花が散っちまうじゃないか。菊酒を飲んだら、とっとと帰ってくんな！」

幾千代に鳴り立てられ、七之助は大慌てで菊酒を飲み干した。

廻り髪結が帰ると、箱屋がやって来る。

幾千代は数年前より三千蔵《みちぞう》という箱屋を贔屓にしていて、この男でないと帯の締《し》め具合が気に入らない。

「たった今、七さんが泡を食って出て行きやしたが、何かありやしたんで？」

三千蔵が幾千代に鮫小紋《さめこもん》の紋付《もんつき》を着せかけながら訊ねる。

「なに、髪結のくせして、いっぱしにどうやらしいこと（口幅《くちはば》ったい）を言うもんだから、怒鳴りつけてやったのさ」

「そいつァ、穏《おだ》やかじゃありやせんね。七も根はいい奴なんだが、時々、野鉄砲《のでっぽう》（取り留めもない言葉）を言いやすからね」

「それがさ……」

幾千代が太息を吐く。

「まんざら野鉄砲でもないようなんだよ。そうだ、おまえさんなら幾富士の行動が分かるかもしれない……。幾富士はもうお座敷に出ているかえ？」

えっと、三千蔵が手を止める。

「姐さんはご存知ないので？　此の中、幾富士さんがお座敷に出るのは七ツ半（午後五時）で、昼間の座敷は断ってくれと見番に申し出られたそうで……。あっしはてっきり姐さんも承知のことと思っていやしたが……」

「昼間の座敷を断ってるだって！　でも、あの娘《こ》、ここ一廻りほど、お師さんの元に朝稽古に通い、見番で髪結や着付けをすると、そのままお座敷に出ていると……。まっ、なんてどち女《あま》なんだえ！　おまえさんもおまえさんだ。そんなことになっているのなら、何故、あちしにひと言耳打ちしてくれなかったんだい！　知らぬはあちしばかりとは、とんだ赤っ恥《ぱじ》をかいちまったじゃないか」

「あい済みやせん……」

「じゃ、おまえも幾富士に男が出来たことを知っていたのかい？　七之助の話じゃ、幾富士が男に身請してもらうと、あちこちで吹聴しているとか……。さあ、いいから、正直に言いな。おまえもその話を知っていたのかえ？」

「へい……。けど、これだけは言っておきやす。あっしはその男が誰なのかまでは知りやせんし、少なくとも、あっしが付き添《そ》った座敷の客ではありやせん。ですから、幾富士さんに男が出来たと小耳に挟みはしやしたが、今ひとつ、腑《ふ》に落ちなくて

「……」

「………」

幾千代にしても、未《いま》だ、疑心暗鬼《ぎしんあんき》である。

だが、幾富士が昼間の座敷を断っていたのはどうやら本当のことらしい。

すると、幾富士は一体どこに行っていたのだろう……。

七之助も幾富士が男といちゃつきながら歩いているのを何度か目にしたことがあるというのであるから、男と逢っていたことは間違いないだろう。

「三千《みち》さん、幾富士の今宵の座敷はどうなってる？」

幾千代は帯を手にすると、三千蔵を見やった。

「確か、七ツ半が藤波《ふじなみ》で、六ツ（午後六時）が菊水《きくすい》。菊水は指名となっていやすんで、線香四本（二時間）。続いて、差し込みで五ツ半（午後九時）に南本宿《みなみほんじゆく》の澤村《さわむら》……」

「澤村は誰の座敷だえ？」

「酒問屋の寄合で、幾富士さんは美園《みその》姐さんの差し込みで入ることになっていやす」

「美園か……。なら、構わない。じゃ、あちしもその座敷に差し込みで入れてくれと見番に言っておいてくれでないかえ」

「けど、その時刻、姐さんには別の座敷が……。見世は同じ澤村でやすが、備後屋《びんごや》は姐さんをご指名でやすからね。抜けるわけにはいきやせんぜ」

ああ、そうだった……。

幾千代は唇を嚙《か》む。

「じゃ、幾富士が澤村に着いた時点で、ちょいとあちしの座敷に声をかけておくれでないか」

「へい」

それからの幾千代はお座敷に出ていても、気もそぞろであった。

それでも得意の三味線だけは無難に熟《こな》したが、酔《よ》っ払いのぐだ咄《ばなし》に愛想笑いを返す気にもなれず、浮かない顔のまま、ひたすら時の過ぎるのを待った。

そうして、澤村に入ったのが、六ツ半（午後七時）……。

備後屋は畳表《たたみおもて》の大店である。

主人の徳右衛門《とくえもん》は幾千代が品川宿に来たばかりの頃から贔屓にしてくれ、何より、三味線の腕を買ってくれている。

今宵の宴席《えんせき》は得意先の接待らしく、幾千代は黒髪《くろかみ》、磯千鳥《いそちどり》、残月《ざんげつ》を奏《かな》でた。

地唄《じうた》は菊丸《きくまる》という四十路《よそじ》半ばの芸者である。

磯部《いそべ》の松に葉隠《はがく》れて　沖の方へと入《い》る月の　光や夢の世を早《はよ》う　覚《さ》めて真如《しんにょ》の明らけき　月の都に住むやらん　今はってだに朧夜《おぼろよ》の　月日ばかりは巡《めぐ》り来て……。

菊丸の声が響き、幾千代の三味線も本調子《ほんちょうし》から二上《にあ》がりへと転調……。撥捌《ばちさば》きは絶好調となった。

心に某《なにがし》かの憂《う》さを抱えていても、撥を手にした途端に気合いが入り、難曲《なんきょく》であればあるほど、入れ込んでしまう。

「流石《さすが》は幾千代！　大した腕だ。あたしはね、何が愉《たの》しみといって、おまえさんの三味線を聴《き》くのが一番の愉しみなのだよ。では、難曲ついでに、久々に八重衣《やえごろも》を聞かせてもらおうかな」

備後屋徳右衛門が、幾千代姐さんの十八番《じゅうはちばん》でしてね、これを聞かないでは、品川宿に来た甲斐がない、と仕こなし振りに客人を見回す。

「八重衣でござんすか……」

幾千代は一瞬躊躇《ためら》った。

八重衣は石川勾当《いしかわこうとう》の作だが、あまりにも難曲のため、自分では弾《ひ》きこなせなかったといわれるほどで、後に、八重崎検校《やえざきけんぎょう》が手を入れて完成した曲である。

松竹梅《しょうちくばい》、磯千鳥などの難しいといわれる曲は途中で何度も調弦《ちょうげん》するが、八重衣は曲中頻繁《ひんぱん》に現れる転調を全《すべ》て本調子で通し、それだけに難しいといわれるが、妙味《みょうみ》もある。

しかも、曲の構成が複雑で、三弦《さんげん》の技巧を極限まで追求し、最初の手事《てごと》（唄の間に挟まれた長い器楽部分）で砧《きぬた》を、後の手事で虫の音《ね》、そして、百拍子《ひゃくびょうし》と呼ばれる息詰まる頂点へと繋《つな》がっていく。

確かに、幾千代の十八番《おはこ》といえば十八番なのだが、果たして、心穏やかでない現在《いま》の状態で上手《うま》く弾けるであろうか……。

が、ままよ……。

幾千代は腹を括《くく》り、菊丸に目まじした。

唄は小倉百人一首《おぐらひゃくにんいっしゅ》の中から、衣に因《ちな》んだ五首からなる。

君がため　春の野にいでて若菜《わかな》摘《つ》む　わが衣手《ころもで》に雪は降りつつ

春過ぎて　夏来にけらし白妙の　衣ほすてふ天《あま》の香具山《かぐやま》

みよしのの　山の秋風さよふけて　ふるさと寒く衣打つなり

秋の田の　かりほの庵《いお》の苫《とま》をあらみ　わが衣手は露《つゆ》にぬれつつ

きりぎりす　鳴くや霜夜《しもよ》のさむしろに　衣かたしき独《ひと》りかも寝む

幾千代が最後の百拍子を奏でる。

今や、迷いも憂《うれ》いもない。

全身全霊《ぜんしんぜんれい》で、曲の中にのめり込んでいた。

最後の撥を捌く。

座敷の中は、一瞬、水を打ったかのように鎮《しず》まった。

そして、続いて、やんやの喝采《かっさい》……。

幾千代の胸に、つっと熱いものが込み上げてくる。

この瞬間があるから、あちしは三味線を止められない……。

「やっ、聞きしに勝る腕前！　成程、備後屋が幾千代の三味線は品川一、いや、江戸一番と言うだけのことはある」

「誰だい？　綺麗《きれい》どころを侍《はべ》らせて、美味い酒が飲めればそれでよいと言ったのは！　そんなものは品川宿でなくても、柳橋《やなぎばし》や深川《ふかがわ》、それこそ、北（新吉原《しんよしわら》）でだって出来る。やっ、あたしたちは備後屋に感謝しなくてはなりませんな。お陰で、生命《いのち》の洗濯をさせてもらいましたよ」

客人が口々に褒《ほ》め称《たた》えた、そのときである。

座敷の隅《すみ》で様子を窺っていた女中が、幾千代に向かって目弾《めはじき》をした。

幾千代は徳右衛門に断りを入れ、そっと座敷を抜けた。

案の定、三千蔵が廊下で待っていた。

「たった今、幾富士さんが……」

「もう座敷に入っちまったのかえ？」

「いえ、帳場で御亭《ごてい》に挨拶《あいさつ》をなさっていやす」

「そうかえ。おかたじけ……」

幾千代が階段を下りて行く。

すると、下から階段を上がろうとした幾富士が、ぎくりと身体を硬くした。

「おかあさん……」

幾千代がゆっくりと下りて行く。

「今宵はこの座敷が最後だよね？　話があるから、寄り道をしないで、さっさと戻って来るんだよ！」

「………」

「なんだえ、その目は！　文句があるのなら、帰ってから聞こうじゃないか。いいね、真っ直《す》ぐ帰ってくるんだよ」

「はい」

幾富士が項垂れたまま階段を上って行く。

その背を見送り、幾千代は深々と息を吐いた。


その夜、幾富士が戻って来たのは、四ツ半（午後十一時）であった。

どうやら、幾富士は叱《しか》られることを覚悟していたようで、茶の間に入ると幾千代の前で三つ指をつき、深々と頭を下げた。

「堪忍《かんにん》して下さい、おかあさん……」

「何を堪忍してほしいのか、おまえ、解って言ってるんだろうね！」

幾千代が煙管《きせる》の雁首をパァンと灰吹《はいふ》きに打ちつける。

「はい」

「だったら、言いな。何かあちしに報告しなきゃならないことがあるだろう！」

幾富士が怖ず怖ずと顔を上げる。

「あたし、好きな男《ひと》が出来ました。市ヶ谷《いちがや》肴町《さかなちょう》で末広《すえひろ》という扇屋《おうぎや》を営《いとな》む、又一郎《またいちろう》さんです。又一郎さんは五年前に内儀《おかみ》さんを亡くし、それからずっと独り身を通していたんだけど、あたしに逢って、ようやく後添《のちぞ》いを貰う気になった、これまで親戚筋や取引先から幾つもの縁談があったが、どの相手にも心を動かされることはなかった、暖簾や金目当ての女ごや、自分の意思というものを持たず、一歩下がって男の後についてくるような女ごは嫌いなのだ、それより、鼻っ柱が強く、なんでもずけずけと口にする、おまえのような女ごを捜し求めていたって、又一郎さんからそう言われたの。けど、あたしは一本になってまだ間がないし、芸者を退くなんて、とても、おかあさんに言えないと思って……。そしたら、又一郎さんが自分がおかあさんと話をつけてもいい、お披露目の掛かり費用から、これまであたしが世話になった分に色をつけて払えば済む話なのだからって……。それで、あたし、おかあさんにどう切り出せばいいのかと思い、悩んでいたの」

再び、幾富士が怖々《こわごわ》と上目に幾千代を窺う。

「ちょいとお待ち！　じゃ、おまえはもうすっかり、その男の言いなりになるつもりになっているんだね？　開いた口が塞《ふさ》がらないとは、このことだ！　おまえが芸で身を立てたいと言った気持は、その程度のものだったのかえ？　男に翻弄《ほんろう》され、挙句、生命《いのち》まで縮《ちぢ》めてしまった姉さんのようにはなりたくない、男に頼らず自立して、生涯、芸の道で生きていきたいと言ったのは、万八《まんぱち》だったのかえ？　何が掛かり費用だ！　世話になった分に色をつけるだ！　憚りながら、この幾千代、一旦払った銭に未練はないんだ！　あちしはねえ、おまえをいっぱしの芸者に、いや、品川宿に幾富士ありといわれるほどの、そんな芸者に仕立てるのが夢だったんだ。芸を磨《みが》けば、怖いものなどどこにもない！　客が唸《うな》るような三味線を弾き、舞を舞い、それで拍手喝采が貰えたら、これほど芸者冥利《みょうり》に尽きることはないからね。そんな想いを、あちしは何度も味わってきた……。だから、あちしは厳《きび》しすぎるほど、おまえに芸を磨けと言ってきた。それもこれも、おまえを思ってのことじゃないか！　それなのに、一本になってまだ間がないというのに、内儀《おかみ》さんにしてやるという男の甘い言葉に心を乱し、ようやくなれた芸者から脚を洗うというのかえ！　幾富士、思い出してみな？　おまえが年下の半玉に先を越《こ》され、何故、おかあさんはあたしを一本にしてくれないのかと、目を吊《つ》り上げて楯突《たてつ》いてきたのは、一年前のことだよ。あのときの幾富士はどこに行った！」

「おかあさん、止めて……。あたしだって、芸の道は好きだ……。三味線だって、あの苦手だった舞だって、現在《いま》では、三弥《みつや》や若里《わかさと》にうんと水をあけるほどに上達したんだもの……。それに、今度の温習会では、あたしが取りを務めることになっているのよ。だから、芸事は止めたくない……。けど、そう言ったら、又一郎さんが何も芸事を止める必要はない、末広の内儀《ないぎ》となり、趣味として続ければよいのだからって、そう言ってくれて……。それに、正な話、あたし、芸事は習うのも披露するのも好きなんだけど、酔っ払いのぐだ咄に付き合わされるのには、辟易《へきえき》しているの。じとりと纏《まと》わりつくような目で身体中を舐《な》め回し、口を開けば、卑猥《ひわい》なことばかり……。いい加《か》減《げん》、耳に胼胝《たこ》ができちまった！　その点、又一郎さんは違うの。自分はびりを釣《つ》る（女郎を買う）のも、芸者相手にお座敷遊びをするのも嫌いだ、本気で惚れ合った男と女ごが、心底尽で愛し合うのでなければ、褥《しとね》を共にしようとは思わないって……。だから、又一郎さんはあたしのお座敷に上がったことがないのよ。ここ一廻りほど、夕方、あたしがお座敷に上がるまで、昼間の座敷を断って、一緒に過ごしていたの」

「一緒に過ごしてたって、じゃ、おまえたちはどこで……。えっ、まさか、裏茶屋《うらぢやや》這《ば》入《いり》（密会）をしていたんじゃないだろうね！」

幾富士がつと目を伏せる。

「えっ、そうなのかえ！　じゃ、当然のことながら、もう新枕《にいまくら》を交《か》わしたんだね？　それじゃ、おまえ、びりを釣ったのと同じじゃないか」

「同じゃない！　あたしは金で身体を売ったわけじゃない。又一郎さんに惚れて、この男《ひと》ならと思ったから、身体を委《ゆだ》ねたんだもの！　それに、又一郎さんはあたしを内儀《おかみ》さんにしてくれるのよ。そう約束してくれたから、あたしは身体を委ねたのよ」

幾富士が興奮して、こめかみをひくひくと顫わせる。

「だが、おまえに又一郎という男のどこまでが解っている！　男がおまえを本気で女房にしたいと思うのなら、まず、あちしに筋を通すのが先だろ？　それなのに、口先だけの約束で、芸者のおまえに昼間の座敷をすっぽかさせて、裏茶屋に連れ込むとは！　いいかえ、まだ、おまえは芸者を辞めたわけではないよ。芸者が座敷に穴を空《あ》けるってことが、どんなことなのか解っているんだろうね！　おまえはこのあちしの顔に泥《どろ》を塗《ぬ》ってくれたんだよ！　又一郎という男も、如何にお座敷遊びが嫌いだといっても、大店の主人なら、そのくらいの道理は解っているはずだ。だから、あちしはその男がどこまで信頼できる男なのか、疑いたくなるのさ。それに、おまえは肴町の末広という扇屋のことを知っているのかえ？　末広がどの程度のお店《たな》で、家族構成や使用人の数……。それに、又一郎がおまえを内儀にと言ってくれても、其者《それしゃ》上がりの女ごを内儀に直すことを、周囲《まわり》がすんなりと受け入れてくれるのかどうか、そこまで解って言っているんだろうね」

幾富士があっと息を呑む。

どうやら、何も解っていないようである。

「じゃ、訊くが、おまえたちはどこで知り合ったのかえ?」

幾千代が再び煙管に薄舞《うすまい》を詰める。

そうして、長火鉢の炭《すみ》を火箸《ひばし》で摘《つま》むと、煙管に火を点けた。

「十日ほど前、あたしが北本宿《きたほんじゆく》の萬年堂《まんねんどう》っていう扇屋で舞扇《まいおうぎ》の品定《しなさだ》めをしていたら、あの男《ひと》が声をかけてきたの。悪いことは言わない、その扇はお止しなさい、値段が扇に見合っていない、扇が欲しいのなら、あたしがおまえさんに相応《ふさわ》しい扇を進呈しようって、そう耳許《みみもと》で囁いたの……。あたし、見たこともない男《ひと》だったし、何故そんなことを言うのかと、警戒して……。というか、なんだか、無性《むしよう》に逆《さか》らいたくなり、丁度、客から貰った祝儀を帯の間に挟んでいたもんだから、本当は買うつもりもなかった扇を態《わざ》と買ってやったの。そしたら、見世を出たところで、また、その男《ひと》が寄って来て、しょうがねえお嬢《じよう》さんだな、だが、その利かん気の強いところが気に入った、自分は市ヶ谷肴町で末広という扇屋を営む者だが、さっき言ったことは嘘《うそ》ではない、明日、この時刻に行合橋《ゆきあいばし》まで来られるようなら、そのとき、うちで作った扇を持って来て上げよう、今買った扇と比べてみるといいよって、そう言ったの。自分でもなんだか妙な気がするんだけど、あたし、あんまし嫌《いや》な気がしなかった……。明るいところで改めてみると、なかなか品のよい面差《おもざ》しをしているし、悪い男《ひと》のようには見えなかったの。それで、騙《だま》されたつもりで、翌日、行合橋まで行ったみたの。そしたら、あの男が待っていて、それで、茶店に入って話をしたの。扇も貰ったわ。又一郎さんが言うように、萬年堂で買った扇より随分と立派で、しかも、値段も安いので驚いたわ。ほら、これ……。これが、又一郎さんから貰った扇！　ねっ、綺麗でしょう？」

幾富士が帯に挟んだ扇を取り出す。

金紙《きんがみ》に松風の図柄《ずがら》で、折りも上等である。

「あたしたち、いろんなことを話したわ。又一郎さんてね、博学《はくがく》で、あたしが知りたいと思ったことをなんでも教えてくれるし、心が広いというか、ふわりとあたしを包み込んでくれるように感じたわ。今まで、お座敷で何人もの男を見てきたけど、あんな男《ひと》は初めて……。けど、すっかり話し込んじまって、気づくと、お座敷に出る時刻をとっくに過ぎていた……。あたし、帰らなきゃと言ったんだけど、あの男《ひと》がものすごく寂《さみ》しそうな顔をしてさ……。自分は五年前に女房を亡くしちまった、あれ以来、満たされない想いを胸に秘《ひ》めて生きてきたが、これが宿世《すくせ》の縁とでもいうんだな、こうして、おまえに出逢えたんだ、あたしはもうおまえから離れたくない……、単刀《たんとう》直入《ちょくにゅう》に言おう、おまえが欲しいんだよって、じっと目を瞠《みつ》めるの。嘘じゃないと思った……。この男《ひと》は本当にあたしのことを必要としてるのだと思うと、胸がキュッと締めつけられるようで、この男《ひと》のためなら、何もかもを投げ出しても構わない、これがあたしの宿命《さだめ》なんだって……。そう思うと、あたしのほうがあの男《ひと》と離れられなくなったの」

「それで、お座敷に穴を空けて、男と裏茶屋這入をしちまったというのかえ」

「ご免《めん》なさい。お座敷をすっぽかしたことは悪かったと思っています。けど、後悔はしていない！　あたし、又一郎さんと契《ちぎ》り合えて、本当に良かったと思ってるの。あの男《ひと》、生涯、あたしを放さない、所帯を持ったら、必ず、おまえを護り、大切にするからよって、誓ってくれたんだもの……」

「ふン、だから、おまえは世間知らずの甘ちゃんだというのよ！　どうやらしいことを言わせてもらうが、それが手入らず（生娘《きむすめ》）を落とす男のやり口だということを知らないんだからさァ！　男ってもんはね、じゃじゃ馬を調教することほど、冥利に尽きることはないというからね。鼻っ柱の強いおまえみたいな女ごを転ばせて、まっ、現在《いま》のところは物珍しさのほうが勝ってるのだろうが、そのうち、鼻について捨てられるのが落ちさ！」

「違う！　又一郎さんはそんな男《ひと》じゃない！　いいわ、おかあさんがそこまで言うのなら、明日また又一郎さんに逢うから、すぐにでも、おかあさんと渡引《わたりひき》をしてもらう！　温習会が済むまではと思っていたけど、そんなことより、あたしはあの男《ひと》について行きたいんだもん！　あァん、あァん……。どうして、おかあさんはあたしの気持を解ってくれないのさァ……。おかあさんだって言ってたじゃないか。おまえのことを娘のように思ってる、おまえの幸せがあちしの幸せなんだよって……。だったら、あたしが又一郎さんと所帯を持って、幸せになることを悦んでくれたっていいじゃないか……」

幾富士が畳に突っ伏し、肩を揺する。

幾千代は遣《や》り切れない想いだった。

幾富士が幸せになることを、自分が望まないはずはない。

芸一筋で生きていくより、男と所帯を持つほうが幸せというのであれば、それもよいだろう。

だが、何故かしら、幾千代にはこの話がすんなりと咀嚼《そしやく》できない。

十日ほど前に知り合ったばかりというのに、あの負けん気が強く、伝法な幾富士をすっかり手懐《てなず》けてしまい、芸の道を捨てても構わないと思うほどに懐柔《かいじゆう》するとは……。

恋は仕勝《しがち》で上下の隔《へだ》てなく、ましてや、付き合いの長さなど関係なしといっても、あまりにも出来過ぎていて、胡散臭《うさんくさ》く思えてならない。

幾富士の嗚咽《おえつ》に、座布団《ざぶとん》の上で丸くなっていた姫が顔を上げ、どうしたの？　といったふうに幾千代を見る。

幾千代は姫の頭をそっと撫でた。

いいんだよ、おまえは心配をしなくても……。


「まあ、そんなことになっていたのですか……」

幾千代から話を聞いたおりきの顔に、つと翳《かげ》りが過《よ》ぎった。

「それでさ、又一郎って男のことを、亀蔵親分に調べてもらえないかと思ってさ。駕《か》籠《ご》をかって車町《くるまちょう》まで行ってみたんだけど、おさわさんの話じゃ、朝方出掛けたきりだが、八ツ（午後二時）には、彦蕎麦に顔を出すと言ってたというもんでね」

幾千代がお持たせの翁煎餅《おきなせんべい》をパリッと二つに割り、おりきを流し見る。

「ええ。走り蕎麦（新蕎麦）の試食とかで、おきわに呼ばれたそうですの」

「そうなんだってね。それで、ここで待っていたら、親分のことだから、必ず、おまえさんの顔を拝みに寄るだろうと思ってさ。あちしが彦蕎麦に行ってもいいんだが、壁《かべ》に耳ありで、流石に、あちしも気が退けてさ。親分、寄るだろ？」

「ええ、恐らく……」

「ああ、良かった！　おまえさんになら秘密を打ち明けても構わないが、周囲《まわり》で客や小女たちが聞き耳を立てているというのに、幾富士の恥をさらすわけにはいかないからね」

「恥だなんて……」

「恥さ！　恥に決まってるじゃないか。白芸者《しらげいしゃ》で通していた幾富士が、わけも解らない男に転んだんだからさ！」

「けれども、その方は幾富士さんと正式に祝言《しゆうげん》を挙げたいとお言いなのでしょう？」

「ふン、眉唾《まゆつば》もののいいところ！　だってさ、昨日、幾富士が男に逢いに行ったんだけど、あちしが逢いたがってるので、この脚で、一緒に猟師町まで行ってくれないかと頼んだところ、それはいいけど、その前にちょいと片づけなきゃならないことがあるので、ここで待っていてくれないか、と言って茶店を出たきり、幾富士が見番に顔を出す時刻になっても、帰って来なかったというじゃないか！　幾富士がえらくしょげ返っちまってさ……。ところが、幾富士ったら、それでもまだ、きっと片づけなきゃならない用事が長引いただけなんだ、必ず、今日は来てくれる、と負け惜《お》しみを言ってさ。莫迦な娘《こ》だよ！　そりゃさ、男に何か事情が出来たのかもしれないよ。けど、仮にそうなら、来られなくなったと遣いを立てるべきで、幾富士に待ちぼうけを食わすことはないじゃないか！　結句、その程度の男だったんだよ。綺麗事を並べて幾富士を誑《たぶら》かせ、万八が暴露《ばれ》そうになったもんだから、慌てて、姿を消した……。ねっ、そうとしか考えられないだろう？　けど、幾富士が頑固《がんこ》でさァ……。あちしが騙されたんだから諦めなと言っても、言うことを聞きやしない。現在《いま》も、男との待ち合わせ場所に行ってるが、あの娘《こ》、一徹者《いってつもの》だろ？　この調子じゃ、引導《いんどう》を渡してやらない限り、諦めようとしないのじゃないかと……。それで、親分に男のことをちょいと調べてもらえないかと思ってさ」

幾千代が手にした煎餅を口に運ぶ。

芳《こう》ばしい香りが漂《ただよ》った。

すると、それまで喉に小骨でも引っかかったかのような顔をしていたおりきが、はっと幾千代を見た。

「市ヶ谷肴町の末広という扇屋なんですけどね……、どこかで聞いたことがあるような……。そうだわ！　確か、先代が現役《げんえき》でおられた頃の留帳《とめちょう》の中に名前が……」

おりきが神棚《かみだな》の下の観音開《かんのんびら》きを開けると、過去の留帳を取り出す。

ここには、先代女将が品川宿《しながわしゅく》門前町《もんぜんちょう》に立場茶屋おりきを出した頃からの留帳や宿《やど》帳《ちょう》が仕舞ってある。

おりきは留帳を一冊ずつ丹念《たんねん》に調べていき、ありましたわ！　と目を輝かせた。

「ほら、ここ……。市ヶ谷肴町、扇屋、末広利左衛門《りざえもん》。五十五歳とありますわ。あらっ、でも、妙ですわね。その方は又一郎さまとおっしゃるのでしょう？　それに、この留帳は十八年前のもの……。とすれば、利左衛門さまは御年《おんとし》七十三歳。又一郎さまは三十路半ばでしたわよね？　すると、利左衛門さまは又一郎さまのお父さまということなのかしら？」

「歳からいえば、そういうことになるね。じゃ、末広という扇屋はあることはあるんだ……。へえェ、まんざら、万八じゃなかったってことなのかえ」

「そのようですわね。けれども、やはり、親分に相談なさったほうが宜しいわ。今後、何があるか分かりませんからね。それにね、実をいえば、先日、親分も幾富士さんが殿方と一緒のところを目になさっているのですよ。親分は勘の鋭い方ですから、ひと目で、二人がただの間柄ではないと見抜き、そのことを幾千代さんが知っているのかどうかと心配なさっていましたのよ」

「じゃ、幾富士は人前で男といちゃついていたっていうのかえ？　なんて業晒《ごうさらし》（恥さらし）な女ごだろう！　どこまで、あちしの顔に泥を塗れば済むんだい」

幾千代が憎体《にくてい》に毒づく。

「よう、入《へえ》るぜ！」

亀蔵の声である。

毎度のことで、亀蔵は返事も聞かずに、ガラリと障子を開けた。

「おっ、幾千代も来てたのか」

「親分、幾千代さんは親分をお待ちになっていたのですよ」

おりきがそう言うと、幾千代が座布団を寄せて、亀蔵の席を作る。

「彦蕎麦に行ってたんだってね。八文屋《はちもんや》でそう聞いたもんだから、あちしも覗こうかと思ったんだが、ここで待ってりゃ、親分に逢えると思ってさ……。で、どうでした？　走り蕎麦は」

「おう、美味かったぜ！　やっぱ、走り蕎麦は一味違《ひとあじちが》うぜ。香りが立っていて、これぞ、蕎麦って感じでよ。おう、そうよ！　修司がよ、走り蕎麦の盛りの他に、椀物《わんもの》や田楽《でんがく》、おろし和《あ》えなんてものも作ってよ。会席風《かいせきふう》に膳に載せて出してくれてよ」

「椀物や田楽って、それが蕎麦となんの関係があるのさ」

幾千代が興味津々《きょうみしんしん》とばかりに、身体を乗り出す。

「それがあるのよ。椀物といっても、ただの汁物《しるもの》じゃねえんだ。茹《ゆ》でた蕎麦《そば》粒《つぶ》と大和芋《やまといも》、葛《くず》をしんじょ風に練って種《たね》を作り、清《す》まし汁仕立ての中に、海老《えび》や茸《きのこ》、三つ葉を入れて、上にちょいと柚子《ゆず》が載っかってよ。美味《うめ》ェのなんのって……。田楽はよ、蕎麦《そば》掻《が》きの上に練り味噌《みそ》がかかっていて、これにも柚子が散らしてあり、豆腐《とうふ》や蒟《こん》蒻《にゃく》の田楽とはまた違った趣《おもむき》があってよ、俺ャ、こいつが気に入った！　で、おろし和えだがよ、甘酢《あまず》で味つけした大根おろしに蕎麦粒を合わせ、上にイクラが載っかっていてよ。正な話、たまげたぜ！　あれにもう二、三品ありゃ、会席料理で通るってもんだ」

「へえェ、蕎麦会席か……。そりゃいいかもしれないね！」

幾千代も羨《うらや》ましそうな顔をする。

「だろう？　それで、俺ャ、修司とおきわに言ってやったのよ。蕎麦会席と銘打って、お品書に加えたらいいって……。ところが、修司が言うには、うちは庶民相手の蕎麦屋でやすから、会席など滅相《めっそう》もない、今日は、たまたま気が向いたもんで、親分に日ごろの感謝を込めてお出ししたまでです、としごくあっさりとしたもんでよ……。おきわも同じ意見でさ。うちが気取った料理を出したんじゃ、女将さんや巳之吉《みのきち》さんと張り合うようで、申し訳ない。分々《ぶんぶん》に風は吹く、彦蕎麦は亭主の彦次《ひこじ》の味を護ってくつもりですってな……。そう言われたんじゃ、身も蓋もねえわな？　それで、余計な差出は止めにしたんだが、おっ、幾千代、俺に話ってのはなんでェ？」

亀蔵がおりきに茶の所望《しょもう》をすると、改まったように、幾千代を見る。

「親分、うちの幾富士が往来《おうらい》で男とじゃついてるのを見掛けたんだって？」

「おう、そのことか……。ああ、彦蕎麦の斜交いに、讃岐屋という饂飩屋が出来ただろう？　そこの行列に並んでてよ。じゃつくと言ャ、じゃついてたんだが、まっ、どう見ても、二人は鰯煮た鍋……。それで、幾千代が知っているのかどうか気になったもんだから、おりきさんにそのことを話したんだがよ。じゃ、おめえの耳にも入《へえ》ったってことなんだな？」

幾千代は困じ果てたように太息を吐き、幾富士と又一郎のことを打ち明けた。

亀蔵は神妙《しんみょう》な顔をして聞いていたが、うむっと腕を組んだ。

「案の定、そういうことになっていたのか……。幾千代、おめえが危惧《きぐ》するのも無理はねえ。大店の主人がよ、芸者との付き合い方を知らねえとは考えられねえからよ。いずれ嬶《かかあ》にする女ごといっても、相手が芸者なら、それなりの筋を通すのが男じゃねえか！　如何に、お座敷遊びが嫌いだといってもよ、座敷に上がって芸者に花代《はなだい》を稼《かせ》がせ、料理屋、見番、置屋にと、四方八方《しほうはっぽう》に義理を立てるのが通人《つうし》のやり方ってェもんだ。それがどうでェ！　芸者に座敷を休ませてよ、裏茶屋で真猫《しんねこ》やろうって魂胆《こんたん》なんだから、まるで、そこらへんのごろん坊のやり口と同じじゃねえか。これじゃ、ただの爪長《つめなが》(けち)と思われたってしょうがねえだろうに！　そんな男が幾千代にお披露目の掛かり費用やこれまで世話になった分に色をつけて払うだって？　ふン、信じられるわけがねえ！」

「いえね、あちしは金が惜《お》しいわけじゃないんだ。そりゃね、幾富士をいっぱしの芸者にと思って出した金だよ。けど、あの娘《こ》が芸者でいるより男と暮らす方が幸せだと思うのなら、きっぱりと脚を洗ってくれてもいいんだ。金を返してもらおうとは思っちゃいない。幾富士さえ幸せになってくれればいいんだからさ。けど、親分が指摘するように、あちしにゃ、どうにも男のやり口が気に食わない！　それに、どうだえ、幾富士が男をあちしに逢わせようとした途端、姿を消しちまったんだからね。まっ、あれでも、昨日は男のほうに事情があり、今日か明日にでも来るつもりなのかもしれないが、何やら、ここんところが妙に騒いでね……」

幾千代が胸を押さえる。

「それでね、市ヶ谷肴町の末広という名に聞き覚えがあったような気がしましたので、先代の留帳を調べてみましたの。すると、十八年前、末広利左衛門という方が旅籠にいらっしていたことが判りましてね」

おりきが亀蔵に、ほら、ここ、と留帳を指差す。

「幾富士さんのお相手は又一郎さまですので、歳から見て、又一郎さまは利左衛門さまの息子とも考えられますでしょう？」

「てこたァ、末広という扇屋があるのは間違《まちげ》ェねえのか……。だがよ、調べてみる必要があるな。又一郎が利左衛門の息子かどうかは判らねえんだからよ。それによ、又一郎が末広の主人だとしても、女房に死なれたというのは真っ赤な嘘で、女ごを落とす常套句《じようとうく》に、幾富士が引っかかったとも考えられるからよ」

「…………」

「…………」

おりきも幾千代も絶句する。

もし、そうだとしたら……。

おりきの胸が激しく騒いだ。

幾富士が又一郎に逆上《のぼ》せあがっているだけに、不憫《ふびん》である。

が、幾千代はきっと目を上げた。

「調べた結果がどうであれ、あちしは本当のことを知りたい。幾富士も知らなきゃならないんだ！　それに、調べた結果、仮に、又一郎の言うことが全て真実で、幾富士を内儀に迎えるにしてもだよ、それなら尚更《なおさら》、幾富士がどんな家に貰われていくのか知っておく必要があるだろ？　大店の内儀ともなれば、其者上がりには難儀なことも多かろうからさ。親分、手を煩《わずら》わせるようで悪いんだが、ひとつ頼まれちゃもらえないだろうか？　この礼はきちんとさせてもらうつもりだからさ。後生一生《ごしょういっしょう》のお願いだ。この通り……」

幾千代が手を合わせる。

「止せやい！　礼なんて要《い》らねえや。幾千代にはこれまでさんざっぱら世話になってきたんだ。俺にゃ、このくれェしか、恩を返すことが出来ねえんだからよ」

亀蔵が照れ臭そうに鼻を擦《こす》る。

「わたくしからもお願い致します」

おりきも深々と頭を下げた。

「おお、そう言ャよ……」

亀蔵が照れ臭さを払うように、唐突《とうとつ》に言う。

「案ずるこたァなかったぜ。おきわが讃岐屋に客足を奪われるのじゃねえかと心配《しんぺえ》していたが、今日はもう、讃岐屋の前には行列が出来ていなかったからよ。へへっ、江戸者は新物食いだが、飽きるのも早《はえ》ェ！　今日なんて、走り蕎麦を食いたさの客で、彦蕎麦は席の温まる暇もねえほどの忙しさでよ。まっ、俺が行ったのは、昼の書き入れ時が過ぎた八ツだったがよ、それでも、満席！　俺ャ、見世の二階で食わせてもらったんだからよ」

「そうですか。それは良かったこと！　これで、おきわも安心したことでしょう」

「けどさ、走り蕎麦に客が殺到《さっとう》したってことは、蕎麦が走りでなくなったら、また常《つね》並《なみ》に戻るってことだろ？」

幾千代が訳知《わけし》り顔に言う。

「常並、結構じゃねえか！　それが一番いいってことよ。なんといっても、江戸者は蕎麦！　細く長く、蕎麦屋は続くってもんでよ。要《よう》は、多少のことがあっても、一喜一憂することなく、蕎麦好きの客を大切《てえせつ》にしていくことだからよ」

亀蔵の一講釈《ひとこうしゃく》に、おりきと幾千代がくすりと肩を揺する。

が、そのとき、おりきの脳裡《のうり》に幾富士の顔が過ぎった。

幾富士さん、今日は、又一郎さまに逢えたのかしら……。

どうやら、想いは幾千代も同じのようである。

誰もが言葉を失い、重苦しい空気が漂った。

暫くして、おりきが不安を払うように、顔を上げた。

「そうだわ！　幾千代さん、わたくしたちも走り蕎麦を頂きましょうか。末吉を遣いに走らせますので、ここで頂くことにいたしましょう。親分も、ご一緒に如何《いかが》かしら？　親分なら、もう一枚くらい、大丈夫ですことよ」

おりきがふわりと二人に笑みを投げかける。

幾千代の顔にも笑みが戻った。

「おう、俺ャよ、蕎麦なら一枚《いちめえ》でも二枚《にめえ》でも、大丈夫《でえじょうぶ》だからよ！」

秋意《しゅうい》の中、亀蔵のだみ声が響き渡り、おりきと幾千代が頬を弛めて顔を見合わせる。

ふるふると、秋の声が聞こえてくるようであった。

柳散る

おりきは信楽《しがらき》の大壺《おおつぼ》に通草《あけび》と七竈《ななかまど》を活《い》けようとして、おやっと目を凝《こ》らした。

壺の表面が湿《しめ》っているように感じたのである。

すると、壺に水を張ろうとして、誰かが溢《あふ》れ零《こぼ》してしまったのであろうか……。

そう思い壺に手を当ててみて、えっと、おりきは首を傾《かし》げた。

どうやら、表面から水を被《かぶ》ったのではなく、壺の中から海綿《かいめん》のようにじわじわと水が滲《し》み、粗《あら》い素地《そじ》の隅々《すみずみ》までゆき渡った、そんな重い湿りのようである。

信楽は素地が粗い。

細かな石粒を多く含み、炎が織《お》りなす自然降灰釉《しぜんこうかいゆ》といった、ほのぼのとした温かみと枯淡《こたん》さを兼ね揃《そろ》え、しかも、火に強い。

だから、茶屋が火災に遭《あ》った際にも、毀《こわ》れることなく持ち堪《こた》えてくれたのであるが、これまでこの壺に四季折々の花を活けてきて、こんな感覚を覚えたのは初めてのことであった。

が、見たところ、どこにも罅《ひび》はないようである。

では、永《なが》い年月を経《へ》て、素地に含まれた石粒が、罅《はぜ》を作ってしまったのであろうか……。

おりきはそんなことを考えながら、大壺の下敷《したじき》に手を当ててみた。

案の定、焼杉《やきすぎ》で作った下敷も、じとりと湿り気を帯《お》びている。

おりきの胸がきやりと高鳴った。

この大壺は、先代のおりきが大切にしていたもので、立場茶屋《たてばぢゃや》おりきの変遷《へんせん》や、ここで起きた悲喜《ひき》こもごもを見守ってきた、謂《い》わば、守り本尊《ほんぞん》といってもよいだろう。

するとやはり、永い年月に、少しずつ疲弊《ひへい》していったのであろうか……。

だが、万が一、そうだとしても、この大壺だけは、なんとしても護《まも》らなければならない。

そうだ、今のうちに、焼き接《つ》ぎ師に見せなければ……。

そう思うと、矢も楯《たて》も堪《たま》らなくなった。

「甚助《じんすけ》、誰か手の空《す》いた者に壺の水を空《あ》けさせて下さいな。それから、おまき、何か大壺の代わりになる花瓶《かびん》を捜《さが》しておくれ！」

そう甲張《かんば》った声を上げると、おりきは茶屋の中を見回した。

だが、通草や七竈といった枝ものに相応《ふさわ》しい花瓶など、どこにも見当たらない。

茶屋番頭に言われた追廻《おいまわし》二人が、両側から大壺を抱え上げるようにして、板場脇の通路に去って行く。

おりきは途方《とほう》に暮れたように立ち尽《つ》くしていた。

どう考えても、旅籠《はたご》にも茶室にも、信楽の大壺に匹敵《ひってき》する花瓶がありそうにないのである。

というのも、旅籠や茶室の花瓶は、どちらかといえば茶花《ちゃばな》を引き立てるための脇役であり、たとえそれが名工の手になるものであろうと、決して、花瓶そのものは主張しない。

信楽の大壺とは、比《くら》ぶべきもないのである。

が、そのとき、つと、おりきの脳裡《のうり》を、月見の宴《えん》の光景が過《よ》ぎった。

海に面した縁側に配した、萩《はぎ》や芒《すすき》、河原撫子《かわらなでしこ》といった、野の草花……。

それぞれを無造作《むぞうさ》に手桶《ておけ》の中に放り込んだだけなのだが、寧《むし》ろ、どこかしら野の草花には相応しく思え、縁側が見事に秋の野と化したのである。

ならば、通草や七竈といった枝ものも、丈《たけ》を短くしてやれば、手桶の中でも引き立つかもしれない……。

おりきはそう思い立つと、上背《うわぜい》のある手桶と短めの手桶を二つ並べ、それぞれに通草や七竈を挿《さ》し入れ、根づけに、牡丹蔓《ぼたんづる》の白を配してやった。

どうにか、さまになったようである。

ところが、大壺のあった場所に手桶を移してみると、何故《なぜ》かしら、心寂《うらざみ》しく思えた。

手桶が悪いわけでも花が悪いわけでもなく、それまであった場所に大壺がないということが、どこかしら寂然《じゃくねん》とした想《おも》いにさせてしまうのである。

が、どうやら、そう感じたのは、おりきだけのようであった。

「流石《さすが》は、女将《おかみ》さんだ！　大壺とはまたひと味違った趣《おもむき》にするなんてさ……。あたしなんか、何か大壺の代わりになる花瓶をと言われても、頭が真っ白になっただけで何も思いつかなかったけど、女将さんたら、咄嗟《とっさ》に、こんな風流な活け方をなさるんだもの……」

おまきが感服したように言うと、およねが寄って来て、ちょっ、ちょっ、と舌を鳴らした。


「おまえが女将さんの真似《まね》をしようたって、百年早いんだよ！　けど、一体、どうしちまったんだろう……。昨日まで、水が滲みるなんてことなかったのにさ。今朝、あの壺に水を張ったのは誰さ！　そうだ、確か、おなみの当番だったよね？　おまえ、壺に何かをぶっつけたんじゃないのかえ？」

およねがじろりとおなみを睨《ね》めつける。

「あたしは知らないよ。だって、今朝、あたしが水を張ったときには、壺はいつもと同じ状態だったんだからさァ！　あたしだけにじゃなく、心当たりのありそうな者に、片っ端《ぱし》から訊《き》いてみたらいいじゃないか！」

おなみが泣き出しそうな顔をする。

「いいから、お止《よ》しなさい！　これは、誰の責任でもないのですよ。ですから、皆、大壺が元通りの姿になって、再び、茶屋に戻ってくることを願おうではありませんか。さあ、口開けの時刻が迫りましたよ。お客さまを迎える準備は調《ととの》いましたか？」

おりきは茶屋衆《ちゃやし》に声をかけ、井戸端へと出て行った。

すると、下足《げそく》番の吾平《ごへい》がおりきの姿を認め、寄って来る。

「茶屋の追廻がここに壺を置いたまま帰《けえ》っちまったが、どうかしやしたか？」

「それが、今朝まで気づかなかったのですが、少し水が滲みるようでしてね。現在《いま》のところは大したことはないようですが、大事にならないうちに、補修しておいた方がよいと思いましてね。吾平、どなたか焼き接ぎ師に心当たりはありませんか？」

「あっ、成程《なるほど》ね……。見たところ、どこも欠けちゃいねえようだが、信楽は罅《はぜ》が曲者《くせもの》でやすからね。よいてや！　あっしが近江《おうみ》屋にいた頃、仕事を頼んだ職人がおりやすんで、泊まり客を送り出したら、荷車に乗せて運びやしょう」

「そうしておくれかえ？　ああ、助かった！　でも、それまでここに置いておくのも心許《こころもと》ないし……。悪いけど、帳場まで運んでおいて下さいな」

「解《わか》りやした」

おりきは旅籠の草花を選《よ》り分けると、帳場へと引き返した。

今朝、多摩《たま》の花売りおえんが担《にな》って来たのは、通草、七竈、牡丹蔓、白花杜鵑草《しろばなほととぎす》、蓼《たで》、野原薊《のはらあざみ》、秋明菊《しゅうめいぎく》である。

花売りが来たと末吉《すえきち》が知らせに来たので、おりきはてっきり喜市《きいち》が来たのだろうと思っていたが、娘のおえんが軽籠《かるこ》を背負《せお》っていたので驚いた。

それで、父親はどうしたのかと訊《たず》ねると、おえんはえへっと肩を竦《すく》めた。

「鬼の霍乱《かくらん》さ！」

「まあ、お父さま、どうなさったの？」

「おとっつァんたら、すっかり焼廻《やきまわ》っちまって……。これまで病《やまい》知らずだったおとっつァんが、あたしが祝言《しゅうげん》を挙《あ》げた途端《とたん》に気が弛《ゆる》んだのか、手が痺《しび》れるだの、腰が痛いだのと言い出して、今朝は、頭痛がすると言って起きてこようともしない！　ふン、甘えてるんだよ」

「まあ、それは心配ですこと……。それで、お医者さまには診《み》せましたか？」

「医者なんて……。だって、本当に、大したことはないんだもの。それが証拠に、大《たい》概《がい》は、次の日、けろりとした顔をしているし、食欲はあるわ憎体口《にくていぐち》は叩《たた》くわで、あれのどこが病人だか！」

おえんが鼻に皺《しわ》を寄せ、渋面《じゅうめん》を作って見せる。

おえんは亡くなった母親の跡を引き継《つ》ぎ、山野草を採取するために山に登っているというが、そのせいか、肌が小麦色に焼け、つやつやと光っている。

「きっと、お父さまはおえんさんが所帯《しょたい》を持たれたので、安心なさったのでしょうね」

「違うの！　寅《とら》に、あっ、これはあたしの亭主なんだけどね、寅に肝精《きもせい》を焼いてるんですよ。あたしが亭主にばかりかまけているもんだから。気を引こうと、それで仮病《けびょう》を使っているに違いないんだ！　おっかさんが死んでからというもの、おとっつァん、あたしを頼りにしていたでしょう？　それで、娘を婿《むこ》に盗《と》られたとやっかんでるに違いないんだ！　けど、いいんだ。おとっつァんはこれまで永いこと我勢《がせい》してきたんだもの……。今度は、あたしが孝行しなくちゃね！　うちの亭主もそのことをよく解ってくれ、畑仕事の合間に、おとっつァんの代わりに山に登ってくれるの。それに、担い売りはあたしがすれば済むことだからさ……」

新妻《にいづま》となった自信がそうさせるのであろうが、おえんは十七歳にしては実にしっかりとしていた。

父親から聞いたのか、立場茶屋おりきの女将が白い花を好むことも知っていて、今日は、あんましいい花が揃えられなくて……、と気を兼ねたように頭を下げた。

暮れの秋、早々と冬支度を始めた野山はすっかり紅葉《こうよう》し、白い花を捜すのはさぞや大変であっただろうに、おえんはこうして牡丹蔓、白花杜鵑草、秋明菊と、白い花を採取してきてくれたのである。

けれども、やはり、喜市のことが気懸《きが》かりである。

自分は息災《そくさい》なだけが取り柄《え》と豪語《ごうご》していた、あの喜市が……。

寄る年波《としなみ》には敵《かな》わないといっても、確か、喜市はまだ四十路《よそじ》半《なか》ばである。

おえんが言うように、娘にかまってもらいたくて、不貞寝《ふてね》をしているだけならよいのだが……。

おりきは手桶に秋明菊を浸《ひた》し、ばさりと鋏《はさみ》を入れた。

「今し方、吾平が荷車に大きな壺を載《の》せて行合橋《ゆきあいばし》のほうに歩いて行ったが、ありゃ確か、茶屋にあった信楽の大壺だろ？」

亀蔵《かめぞう》親分が帳場に入って来るや、訝《いぶか》しそうに訊ねた。

「ええ。今朝、気づいたのですが、少し水が滲みるようですの。先代が大切になさっていたものですので、大事にならないうちに焼き接ぎ師に見ていただこうと思いましてね」

おりきが茶の仕度《したく》をしながら言う。

「なんと、罅でも入《へえ》ったか……。ありゃ、古い壺だからよ。俺が先代から聞いた話じゃ、かなりの年代物らしくてよ。先代が鶴見村横町《つるみむらよこまち》で茶店をしていた頃、古道具屋で求めたとか言ってたから、骨董《こっとう》の部類に入《へえ》るのじゃねえか？」

「それが、どこに罅が入っているのか、目では判断できませんの」

「まっ、そういうことなら、専門の職人に委《まか》せるこった。ところでよ、幾富士《いくふじ》の男のことが判《わか》ったぜ！」

亀蔵が継煙管《つぎきせる》に甲州《こうしゅう》（煙草《たばこ》）を詰め、おりきに目を据《す》える。

「………」

おりきは茶を注《つ》ごうとした手を、はっと止めた。

「驚くなよ。又一郎《またいちろう》という男、確かに、五年前《めえ》までは末広《すえひろ》の入り婿だった……。ところが、現在《いま》では離縁されて、一介《いっかい》の扇《おうぎ》売りだとさ」

「離縁されたとは、それはまた……」

「なに、放蕩《ほうとう》が過ぎたってことよ。婿のくせして、金に糸目《いとめ》をつけずにだだら大尽《だいじん》(金遣いが荒い)を決め込んでよ。まっ、根っからの好き者なんだろうが、又一郎はなかなかの雛男《ひなおとこ》でよ。末広には扇職人として入《へえ》ったんだが、一人娘に見初《みそ》められてよ。何がなんでもこの男と添《そ》わせてくれと娘に泣きつかれ、先代の利左衛門《りざえもん》が仕方なく又一郎を婿にしたんだが、利左衛門が病の床《とこ》に臥《ふ》し、又一郎に跡目《あとめ》を譲《ゆず》ってからがいけねえや……。又一郎の奴、これで目の上の瘤《こぶ》が取れたとばかりに、家業を顧《かえり》みずに、放蕩三昧《ざんまい》！　そりゃよ、ちょいとした色男のうえに、金に糸目をつけねえんだから、モテねえはずがねえだろ？　寝たきり状態だった利左衛門が業《ごう》を煮《に》やし、去り状を書くと息巻《いきま》いたが、又一郎の女房がなかなか首を縦に振ろうとしねえ……。というのも、この女《おな》ご、又一郎より二歳年上で、しかも、勝栗《かちぐり》が嚔《くしゃみ》をしたようなお徳女《とくじょ》(醜女《しこめ》)ときた……。そんな女ごが色男を亭主にしたんだからよ。又一郎に未練たらたらで、自分さえ辛抱《しんぼう》すればと意地を張っていたんだが、五年前《めえ》、利左衛門が亡くなってから、突然、怖くなったんだろうな……。そりゃそうよ！　現在《いま》のままでは、如何《いか》に末広が老舗《しにせ》といっても、そのうち、屋台骨《やたいぼね》が傾いちまう。そんなことにでもなったのでは、又一郎との間に生まれた一人息子が身代《しんだい》を失うことになるからよ。それで、息子のためにと心を鬼にして、去り状を叩きつけたって話でよ」

途端に、おりきの顔が険《けわ》しくなった。

「利左衛門さまがお亡くなりに……。末広はそんなことになっていたのですか。それで、息子というのは、お幾《いく》つで？」

「昨年、ようやく元服《げんぷく》を迎えたとよ。まっ、末広は番頭たちがしっかりしていて、又一郎を叩き出してからは皆して屋台骨を支え、一旦傾きかけた見世《みせ》を元の状態に戻したというからよ。まっ、後、二、三年もすれば、息子が末広の主人《あるじ》の座に納まるのだろうがよ」

「けれども、末広から久離《きゆうり》（縁切り）された又一郎さまが、何ゆえ、幾富士さんを身請《みうけ》するなどと言われたのでしょう」

亀蔵はふうと太息《ふといき》を吐《つ》くと、おりきの淹《い》れた茶を一気に飲み干《ほ》した。

「それよ……。又一郎の奴、末広から追い出され、一介の扇売りとなってからも、女ごの味が忘れられなかったのだろうて……。ところが、扇の担い売りじゃ、びりを釣る金もなければ、ましてや、お座敷遊びなんて天骨《てんこち》もねえ（とんでもない）！　それで、一時は位牌間男《いはいまおとこ》（未亡人との密通《みっつう》）なんてことをして、女ごに貢《みつ》がせていたんだが、そんな女ごに限って、ででふく（醜女）ってェのが多い……。又一郎にしてみれば、綺麗《きれい》どころを侍《はべ》らせて、だだら大尽をしていた頃が忘れられなかったんだな。それで、色街《いろまち》に出掛けては、幾富士に使ったのと同じやり口で、稽古《けいこ》帰《げえ》りの芸者を摑《つか》まえては、裏茶屋《うらぢゃや》這入《ばいり》をやっていたらしくてよ。裏茶屋なら、大《てえ》した銭がかからねえし、末広の主人になりすまし、女房に死なれた、おめえを身請して女房にと囁《ささや》いてみな？　あの優男《やさおとこ》ぶりだ。大概《てえげえ》の女ごが転ぶってもんでェ！　そうして、一人の女ごでさんざっぱら遊び、暴露《ばれ》そうになると、体《てい》よく姿を消して、別の色街へと河岸《かし》を替える……。こびっせえ（小さい）というか、そこまでの吝《しわ》ん坊（吝嗇《けち》）をしてまでも、大店《おおだな》の主人と呼ばれた日々が懐《なつ》かしいのかと思うと、俺《おり》ャ、向腹《むかばら》を立てる前《めえ》に、又一郎が憐《あわ》れになっちまってよ。けど、騙《だま》された幾富士のことを思うと、そうそう甘《あめ》ェ顔をしちゃいられねえ！」

亀蔵が煙管をバシンと灰吹《はいふ》きに打ちつける。

「それで、親分は又一郎さまにお逢《あ》いになったのですか？」

おりきが亀蔵を窺《うかが》う。

「ああ、ようやく、奴の居場所が判ったぜ。それが、あの野郎、牛込御《うしごめお》箪笥《たんす》町《まち》の裏店《うらだな》にいやがってよ。御箪笥町と肴町《さかなちょう》とは目と鼻の先だ。ところがよ、俺ャ、幾千代《いくちよ》に又一郎のことを調べてみると約束をしたのはいいが、まさか末広を追い出された又一郎がそんなに近い場所にいると思わなかったもんだから、今日まで随分《ずいぶん》と日にちがかかっちまってよ……。あの野郎、牛込を塒《ねぐら》に、深川《ふかがわ》、柳橋《やなぎばし》、浅草《あさくさ》、品川宿《しながわしゅく》と、女ごを漁《あさ》りに歩いていたとはよ！　それで思うのだが、やっぱ、あいつは末広に未練があったのよ。まさか、女房や息子に未練があったとは思わねえが、末広の暖簾《のれん》、いや、主人の座に未練があって、牛込を離れたくなかったのだろうて……。ところが、末広の手代が便りをくれてよ。又一郎が御箪笥町の裏店にいると知らせてくれたのよ。野郎、俺が末広を訪ねたときには何も知らねえと空を吹いていやがったが、又一郎はもう末広と関係ねえ男だからよ。それで、知らせても構わねえと思い連絡をくれたのだろうが、助かったぜ」

「では、お逢いになったのですね？」

「ああ、逢った。逢って、改めて驚いたんだが、あいつ、聞きしに勝《まさ》る雛男でよ。あれなら、幾富士みてェな気の勝った女ごでも、つい、絆《ほだ》されちまうってもんでよ。聞いた話じゃ、又一郎が相手にする女ごは、小股《こまた》の切れ上がった気性《きしょう》の強ェ《つえ》女ごばかり……。というのも、そんな女ごほど、外見の伝法《でんぽう》さと裏腹《うらはら》に、滅法界《めっぽうかい》、根っこの部分に死《し》なれて、心に優《やさ》しいものを抱えているからよ。又一郎のような柔《やわ》な雛男から、嬶《かかあ》に死なれて、心に風穴《かざあな》が出来たみてェで寂《さみ》しくて堪らねえ、その穴を埋めるためにと生涯《しょうげえ》の伴侶《はんりょ》を捜してきたが、やっと、おめえに巡《めぐ》り逢えたとかなんとか囁かれてみな？　この男を救えるのは、自分しかいない……。鉄火《てっか》な女ごほどそう思うのよ」

亀蔵は喉《のど》がからついたとみえ、茶のお代わりを催促《さいそく》すると、話を続けた。

又一郎は幾富士の名を出すとすぐに観念《かんねん》し、板の間に頭を擦《す》りつけるようにして、詫《わ》びを入れたという。

結果として、幾富士を騙すことになってしまったが、自分が幾富士を愛《いと》しく思った気持に偽《いつわ》りはない、身請して所帯を持つと言ったのは話の成り行きで、ああでも言わなければ、幾富士の心を得られなかったであろう、だが、端《はな》から騙そうと思ったわけではない、それだけは解ってほしい、自分は幾富士と心底《しんていずく》尽に愛し合いたかっただけなのだ……。

又一郎は涙ながらに訴えたという。

「この野郎、黙って聞いてりゃ、手前勝手《てめえがって》なことばかり言ャがって！　てめえは心底尽に女ごと愛し合い、それで満足したかもしれねえが、幾富士の気持を考えたことがあるのかよ！　女心を弄《もてあそ》びやがって！　何故、大店の主人《あるじ》だなんて嘘《うそ》を吐いた。何故、嘗《かつ》ては末広の主人だったが、事情があって、現在《いま》は扇の担い売りをしていると、本当のことを言わなかった！　それは、おめえの心の中に、担い売りなんかでは一流どころが相手にしてくれねえという僻《ひが》みがあったからじゃねえのか？　結句、おめえは上《うわ》っ面《つら》でしか物事を見ていねえのよ。おめえは幾富士を心底《しんそこ》愛しいと思ったというが、それなら、何故、ありのままを打ち明け、幾富士と真摯《しんし》に向き合おうとしなかった！」

亀蔵は又一郎の優柔不断《ゆうじゆうふだん》な態度に業を煮やし、烈火《れつか》のごとく鳴り立てた。

又一郎はとほんとした顔をした。

「あたしが正直に打ち明けていたら、幾富士は担い売りをしている、こんなあたしについて来たと？」

「いや、それは分からねえ。だが、そんなことが言いてェのじゃねえ！　俺が言いてエのは、嘘から始まった愛なんて、所詮《しよせん》、絵空事《えそらごと》にしかすぎねえってことだ。おめえは絵空事を積み重ねていき、夢から覚めれば、また次の夢へと絵空事を描けばいいかもしれねえが、振り回された女ごの身にもなってみな？　虚《むな》しさ、口惜《くちお》しさしか残らねえんだよ！」

「でも、あたしは相手の女ごにも束《つか》の間《ま》の夢を見させてやれたと思っていやすが……。それに、茶店や裏茶屋の費用は全《すべ》てあたしが払い、女ごには金を遣《つか》わせていませんからね」

亀蔵は唖然《あぜん》とした。

だが、言われてみればその通りで、又一郎は女ごに金を貢がせたわけではない。又一郎に罪があるとすれば、身請をして大店の内儀《ないぎ》にしてやると嘘を吐いたことであるが、そんな嘘に振り回された女ごも女ご……。

しかも、又一郎は決して手込《てご》めにしたわけではなく、公《おおやけ》にしたところで、恥を見るのは女ごのほうである。

亀蔵は匙《さじ》を投げた。

こんな男に、もう何を言っても無駄である。

幾富士の心は無惨《むざん》にも切り裂《さ》かれてしまったが、寧《むし》ろ、こんな男と早めに手が切れたことを悦《よろこ》ばなくてはならないだろう。

「おう、言っとくが、二度と、幾富士に、いや、品川宿に近づくんじゃねえぞ！　今度、おめえの姿を見かけたら、罪をなすりつけてでも、しょっ引くからよ！」

亀蔵は苦々《にがにが》しそうに吐《は》き出した。

「と、まあ、そんな理由《わけ》でよ。幾富士にゃ可哀相《かえいそう》だが、諦《あきら》めさせるよりしょうがあるめえよ」

亀蔵が蕗味噌《ふきみそ》を嘗《な》めたような顔をする。

おりきも深々と肩息《かたいき》を吐いた。

「幾富士さんの気持を思うと、わたくし、なんと言ってよいのか……。それで、幾富士さんや幾千代さんに報告をなさったのですか?」

いや、と亀蔵が首を振る。

「どうにも言い辛《づら》くてよ。おう、一体《いってえ》、どう言ったらいい?」

「ありのままを伝えるより仕方がないでしょうね。けれども、幾富士さんに伝えるにしても、時と場合があるでしょうから、まず、幾千代さんにお話しになったら如何《いかが》でしょう。幾千代さんの話では、あれ以来、気丈《きじょう》にも、幾富士さんは一日も休むことなくお稽古に通い、お座敷に出ているのですって……。それが、見ていると痛々しいほどで、肩肘《かたひじ》を張っているのが手に取るように伝わってくるそうですの」

「あれっきり又一郎は雲隠《くもがく》れしちまい、姿を現わさねえんだもんな」

「それでもまだ、幾富士さんは諦めていないそうですの。きっと、事情が出来たのだろう、其者《それしゃ》上がりを内儀に迎えることを周囲《まわり》から反対され、説得するのに手間取っているだけなのだから、現在《いま》、自分が又一郎さまを訪ねて行ったのでは藪蛇《やぶへび》になる、辛抱して待つより仕方がないのだ、とそんなふうに言っているのですって……。恐らく、幾富士さんも心の中では、騙されたことに気づいているのでしょうね。けれども、それを認めたくない……」

「やはり、そういうことか……。だが、それなら尚更《なおさら》、幾富士に引導《いんどう》を渡してやらなくちゃな。可哀相《かえいそう》だが、人はそうやって、一つ一つ難関《なんかん》を乗り越えていくもんだからよ。大丈夫《でえじょうぶ》だ、幾富士はそんな柔な女ごじゃねえ」

「そういうことですね」

おりきと亀蔵が顔を見合わせる。

そして、同時に、ふうと溜息《ためいき》を吐いた。


それから三日後のことである。

吾平が焼き接ぎ師からの伝言を持ち、帳場に顔を出した。

「親方が見たところ、どこにも罅は入《へえ》っていねえそうで……。けど、水を張って半日もすると、じわじわと滲みてくるもんで、これはやはり、素地に含まれた罅《はぜ》の仕業《しわざ》じゃなかろうかってんで、現在《いま》、壺の中に重湯《おもゆ》を張って様子見をしているそうで、それで止まるようだと、もう大丈夫《でえじょうぶ》だとか……。そんな按配《あんばい》でやすんで、もう暫《しばら》くお待ち下せえとのことでやした」

吾平はそう言い、素地の粗い陶器にはままあることだと言われたが、今までなんともなかったのに、妙なことがあるもんでやすね、と首を傾げた。

水が滲みる壺ものには、重湯とか、薄い糊《のり》を張ればよいとおりきも聞いたことがある。

だが、先代が求めて以来、一度も滲みることがなかった大壺が、別に何か変わったことがあったというわけでもないのに、現在《いま》になって突然異変を起こすとは、どこかしら薄気味《うすきみ》悪く思えてならない。

「けれども、重湯で止まってくれれば、それに越したことはありません。わたくしが案じていたのは、目に見えない罅が入っていて、何かの弾《はず》みで、壺そのものが割れてしまうことでした。けれども、なんとか形を保《たも》ってくれれば、花を活けなくても、置物として飾ることが出来ますからね」

「じゃ、あっしはこれで……。親方から連絡が入り次第《しでえ》、引き取りに行きやすんで」

「ああ、ご苦労だが、そうしておくれ」

吾平が帳場を出て行くと、台帳《だいちょう》を片手に算盤《そろばん》を弾《はじ》いていた大番頭の達吉《たつきち》が、鼻眼鏡《はなめがね》を外《はず》し、目を擦《こす》った。

「どうですか？　眼鏡の具合は……。かけていると、疲れますか？」

おりきが心配そうに訊ねると、なァんの、と達吉は笑って見せた。

「こんな高直《こうじき》なものを作ってもらい、疲れるなんて言っちゃ、罰《ばち》が当たりやす。なに、慣れねえだけで、字はよく見えるんだ」

「もっと早く、気づいてあげればよかったのに、許して下さいね」

「勿体《もってえ》ねえ！　そんなことを言わねえで下せえ。けど、あっしも焼廻っちまったもんだ……。目は霞《かす》むわ、肩は凝るわで、以前に比べれば、半分も仕事が捗《はかど》らなくなっちまってよ。そしたら、信楽の大壺が妙なことになりやしたでしょ？　壺までが焼廻っちまったのかと思うと、なんだかやけに寂しくなっちまってよ……」

「大番頭さん、心細いことを言わないで下さいな。大番頭さんにも大壺にも、まだま だ頑張《がんば》ってもらわなくてはならないのですからね」

おりきが慰《なぐさ》めるように言うと、達吉の頰《ほお》につと翳《かげ》りが過ぎった。

「そう言ャ、善助《ぜんすけ》も此《こ》の中《じゅう》やけに元気がねえような気がしやすね。あすなろ園に子供たちが増えて、善爺《ぜんじい》の気も紛《まぎ》れていると思ってたんだが、やはり、寄る年波には敵わねえのでしょうかね」

「善助ねえ……」

おりきもこのところ善助が頓《とみ》に無口になったのが、気にかかっていたのである。

秋口に入り、地震で崩《くず》れた小屋の跡地《あとち》に、二階家の普請《ふしん》が始まった。

それまで善助が寝起きしていた小屋は、蒲鉾《かまぼこ》小屋《や》同然の安普請《やすぶしん》であったが、この際、達吉や茶屋番頭の甚助《じんすけ》、それに善助やとめ婆《ばあ》さんにそれぞれ一部屋ずつ与え、階下をあすなろ園の子供たちが使えるようにと、高輪《たかなわ》の棟梁政五郎《とうりようせいごろう》に頼み、少々の地震ではびくりともしない堅牢《けんろう》な二階家をと思ったのである。

その話を聞いて、善助は再び自分の部屋が持てると大層悦んだ。

そうして、普請場に職人たちが入ると、半身不随《はんしんふずい》となった身体《からだ》では何一つ手伝うことが出来ないというのに、善助は少し離れた場所に床几《しようぎ》を持ち出し、日がな一日、愉《たの》しそうに普請を眺《なが》めていたのである。

ところが、棟上《むねあ》げが済んだ頃から、どういうわけか、裏庭で善助の姿を見かけなくなった。

案じたおりきが貞乃《さだの》に善助はどうしているのかと訊ねると、一日中、子供部屋の隅《すみ》に蹲《うずくま》り、子供たちと話をするわけでもなく、茫然《ぼうぜん》と眺めているというのである。

「それが、どこか具合が悪いというわけでもないようなのですよ。食事も子供たちと一緒にお摂《と》りになるし、ただ、すっかり笑顔を見せなくなりましたね。会話もありませんし……、いえ、訊ねたことには答えられるのですよ。けれども、自《みず》らは話そうとなさらない……。それで、おきちさんが心配をして、極力《きよくりよく》、外に連れ出そうとなさるのですけど、渋々《しぶしぶ》外に出ても、四半刻《しはんとき》（三十分）もしないうちに、また、子供部屋に舞い戻ってしまいましてね。けれども、伯父《おじ》の話では、老人性の気の方（鬱病《うつびよう》）のようなもので、生真面目《きまじめ》で、これまで我勢してきた者ほど陥《おちい》りやすいそうですの。ですけども、善助さんの場合は独《ひと》りきりではありませんからね。周囲《まわり》に子供たちがいるので、まだ幾らかは気が紛れているのだと思いますよ」

やはり、貞乃も善助の病状を案じ、内藤素庵《ないとうそあん》に相談していたのである。

「では、素庵さまに見てもらう必要はないと？」

「診ても、どうしようもないと申しておりました。それより、周囲《まわり》の者が大騒ぎをすることなく、極力、普段通りに接するようにということでした。特別扱いをしてはならないし、かといって、仲間はずれにしてもならない……。けれども、勇《ゆう》ちゃんが善助さんに懐《なつ》いていましてね。何をするにも、じっちゃん、じっちゃんと、善助さんを引き立てようとしますのよ」

貞乃はそう言ったが、おりきの胸は、まるで信楽の大壺に水が滲みていることに気づいたときのように、じわじわと重苦しいもので塞《ふさ》がれていった。

それは、花の担い売り喜市が病がちになったと聞いたとき、達吉に眼鏡が必要と知ったときにも頭を擡《もた》げた、えも言われぬ鬼胎《きたい》のようなものである。

「それでね……」

達吉が出し抜けに言う。

えっと、おりきは達吉に目を戻した。

「善爺は吾平というしっかりとした下足番に跡を託《たく》して現役《げんえき》を退《しりぞ》いたからいいようなものの、あっしも六十路《むそじ》に手が届こうという歳《とし》になりやしたからね。いつ、何が起きてもおかしくねえ……。それで、旅籠の番頭を務める男を育てなくてはと思いやしてね。いや、誤解してもらっちゃ困るんだがよ。別に、今すぐに隠居するってわけじゃなく、今のうちに後進《こうしん》を育てておかなきゃ、とんでもねえことになると思って……。いけやせんか？」

達吉が食い入るように、おりきを見る。

「いけなくはありませんよ。おまえの言うとおりです。わたくしがそろそろおきちに三代目女将の修業をさせなくてはと思うように、旅籠を委せられる人材を育てなくてはなりませんからね。けれども、現在、うちにはその人材がありません。達吉、おまえに誰か心当たりはありませんか？」

「いや……」

達吉が困《こう》じ果てたような顔をする。

「近江屋さまにも相談してみますが、おまえにこの男《ひと》ならと思う者がいれば、連れて来るといいですよ」

「へい」

達吉は安堵《あんど》したように、再び、算盤を弾き始めた。

すると、障子《しょうじ》の外から声がかかった。

「女将さん、幾千代姐《ねえ》さんがお越しやしたが……」

末吉の声である。

おやっと、おりきは訝しそうな顔をした。

常なら、幾千代は下足番を遣いに立てるまでもなく、いいかえ？と声をかけ、帳場に入って来る。

「ええ、宜《よろ》しいですよ。お入りになってもらいなさい」

そう答えると、幾千代がそろりと障子を開け、中を窺った。

案の定、おりきの他に人がいないかどうか確かめたようである。

おりきは達吉に目まじした。

達吉が慌てて台帳や算盤を片づけ、帳場を出て行こうとする。

「仕事を中断させて済まないね。ちょいと、おりきさんに話があるもんでね。半刻《はんとき》（一時間）ばかし、ここを使わせてほしいんだよ」

幾千代が気を兼ねたように、達吉を窺う。

「いや、丁度、終わったところでやしてね。そろそろ普請場を覗《のぞ》かなきゃならねえ……」

達吉が出て行く。

幾千代は達吉の姿が消えると、すすっと寄って来て、腰砕《こしくだ》けしたように、長火鉢の傍《そば》ですとんと膝《ひざ》を落とした。

「おりきさん、聞いとくれよ。幾富士ったら、又一郎の赤児《やや》を孕《はら》んでるんだよ！」

「えっ……」

おりきは耳を疑った。

まさか……。

幾富士が又一郎と情を交わしたのが、重陽《ちょうよう》の頃……。

そして、現在《いま》は恵比須講《えびすこう》（十月二十日）も終わり、あと数日で霜月《しもつき》（十一月）に入ろうとするときである。

幾富士が懐妊《かいにん》しているとしても、そんなに早く判るものなのであろうか……。

「それは、確かなのですか？」

「ああ、産婆《さんば》に診せたわけじゃないが、まず、間違いないね。実を言うと、あちしも深川にいた頃、一度、子を孕んだことがあってさ。ううん、半蔵《はんぞう》の子じゃないよ。あの男《ひと》の子なら、誰がなんと言おうが、産んでたけどさ……。半蔵に出逢う前の話で、夜ごと、客を取らされていたもんだから、あちしには誰の子なのか判らない……。無《む》論《ろん》、妓楼《ぎろう》では堕胎《だたい》しろと迫ったさ。その頃のあちしは赤児《やや》なんて天骨もないと思ってたしね。それで、言われるままに堕《お》ろしちまったんだが、それが原因《もと》で、二度と子供が出来ない身体になっちまってさ。けど、そのときの体験で、あちしにゃ判るんだよ」

幾千代はそう言い、幾富士の乳房が張り、乳首が黒ずんでいるのだと説明した。

幾富士は湯屋《ゆや》から帰って来ると、胸元を押さえ、頻《しき》りに乳房を気にしているようだった。

「どうしたえ？　オッパイばかり触《さわ》って、妙な娘《こ》だえ……」

幾千代がそう言うと、幾富士は怪訝《けげん》そうに首を傾げた。

「それがさ、オッパイの先が痛いの。気のせいか、乳房全体が張ったような気がするし、昨日まではそんなことなかったのに、変でしょ？」

「オッパイの先って、乳首のことかえ？　どれ、見せてみな」

「嫌《いや》だァ、おかあさんにオッパイを見せるなんて！」

「四の五の言っていないで、さっさと見せな！　吹き出物でも出来てるのかもしれないからさ」

渋々、幾富士は浴衣《ゆかた》を片肌脱《かたはだぬ》ぎにした。

すると、さほど大きくもない幾富士の乳房が、きんと張り詰めたように膨《ふく》らみ、白い肌に血管が浮き上がっているではないか……。

しかも、乳輪《にゆうりん》も乳頭《にゆうとう》も、心なしか黒ずんでいる。

幾千代の胸が激しく音を立てた。

「おまえ、月のものは？」

「…………」

幾富士は何を言われているのか分からないようで、目を点にした。

「月の障《さわ》りだよ！　今月、あったのかえ？」

あっと、幾富士が絶句する。

「ないんだね？」

幾千代は咄嗟《とっさ》に頭の中で日にちを数えた。

「おまえがあの男と裏茶屋遣入をしたのが、九月の前半……。そして、現在《いま》は十月も終わりだ。ああ、やっぱり、おまえ、赤児《やや》が出来たんだよ」

「赤児《やや》って……。だって、あたし、悪阻《つわり》もないし、そんな莫迦《ばか》な……」

「莫迦だね！　悪阻があるのは、もう少し先のことだ。それに、悪阻らしき悪阻を味わわないまま、赤児を産む者もいるんだからさ。とにかく、産婆に診せることだね」

「そんな……。嫌だ！　赤児《やや》なんて、絶対に嫌だ！　そうだ、おかあさん、お金を頂戴《ちょうだい》！　あたし、すぐにでも始末してくる。歩行《かち》新宿《しんじゅく》に赤児を始末してくれる中条流《ちゅうじょうりゅう》の産婆がいると聞いたからさ」

「幾富士、てんごう言うのも大概におし！　お腹の赤児は、仮に一時《いっとき》であったにせよ、おまえが内儀《おかみ》さんになりたいと願った男《ひと》の子なんだよ」

「だから嫌なんじゃないか！　せっかく、あの男のことを忘れようと思ったのに、こんな置き土産《みやげ》を置いて行かれたんじゃ、生涯、あたしはあの男の呪縛《じゅばく》から逃《のが》れられなくなっちまう！」

幾富士は猛《たけ》り狂ったように、泣き叫んだ。

幾千代はそんな幾富士を茫然と瞠《みつ》めていた。

三日前、亀蔵から報告を受け、引導を渡す意味で幾富士に又一郎の真の姿をありのままに伝えたのだが、意外にも、幾富士は拍子抜《ひょうしぬ》けするほどあっさりした態度を見せたのである。

「あたしも無礼《なめ》られたもんだ……。あんまし馬鹿馬鹿しくて、涙も出ないや！　あの男に騙されたのがあたし一人ってのならまだしも、十把《じっぱ》ひとからげに扱われちまったんだからさ。ふン、やっぱ、おかあさんの言うとおりだった。男なんて、もう二度とご免《めん》だ！　おかあさんに言われたように、今後、あたしは芸一筋で生きていくからさ」

幾富士は決して強がりを言っていたのではなかろう。

あのときは、幾富士なりに、心に区切《けじめ》をつけたのである。

が、又一郎の子を身籠《みご》もったと知り、幾富士がこうまで感情を乱すとは……。

やはり、幾富士には、まだ又一郎のことが吹っ切れていなかったのである。

「幾富士、おまえの気持はよく解る……。けどさ、おまえ、姉さんのことを思い出してみな？　おまえの姉さんは小浜屋《こはまや》の旦那の子を宿し、堕胎を強《し》いられた挙句《あげく》、生命《いのち》を落としちまったんだよ。おまえ、姉さんの二の舞だけは舞いたくないと言ってたじゃないか！　それにさ、生命までは落とさずとも、二度と赤児《やや》の産めない身体になるかもしれないんだよ。だからさ、せめて、もう二、三日、頭を冷やして考えてみようよ」

幾富士は姉のおやすのことを言われ、あっと色を失った。

というのも、もう随分昔のことになるが、当時、おさんと名乗っていた幾富士は、奉公先の海産物問屋の主人に手込めにされ、堕胎を強いられ生命を落とした姉の恨《うら》みを晴らそうと、産女《うぶめ》に化《ば》けて小浜屋を脅《おど》そうとしたことがある。

幸い、あのときは亀蔵の尽力《じんりょく》でことが大事に至らずに済んだのだが、そのことが契《きっ》機《かけ》で、幾富士は男に頼らず芸一筋で生きていく道を選ぶことになったのだった。

姉さんのようにはなりたくない……。

そんな強い意思の下《もと》、幾千代の跡を継ぐべく芸者になったのだが、まさか、その幾富士がおやすと同じ宿命《さだめ》を辿《たど》るとは……。

「だがね、堕胎をしたからって、姉さんのように生命《いのち》を落とすとは限らないからね。そんなに嫌な男の子なら、堕ろすのもいいだろう。けど、誰の子であれ、おまえのお腹《なか》にいるのは、生命なんだよ。あちしには産めとも、堕ろせとも言えない。ただ、一時の怒りにまかせて、せっかく宿った生命の芽を摘《つ》むことだけは、止《や》めておくれでないか。先になって後悔しないように、どうするにせよ、よく考えてほしいんだよ。幸い、お腹の赤児《やや》はまだ三月《みつき》にも満たない。二、三日考えて、それから中条流に駆け込んだって遅くはないのだからさ」

幾千代は諄々《じゅんじゅん》と諭《さと》した。

それで、幾富士も気を鎮《しず》めてくれたのだが、そうなると、今度は幾千代が居ても立ってもいられなくなった。

偉《えら》そうなことを言ってしまったが、果たして、これでよいのだろうか……。

万が一、中条流の堕胎施術《だたいしじゅつ》を受けて、取り返しのつかないことにでもなったら……。

だからといって、幾富士が又一郎の子を産めば、この先、どういうことになるのか、考えるだに空恐《そらおそ》ろしい。

ああ、やはり、おりきさんに相談するより他に方法がない。

幾千代はそう思い立つと、矢も楯もたまらず、駕籠《かご》をかって門前町まで来たのだった。

幾千代は話し終えると、一気に肩の力が抜けたみたいで、ふうと太息を吐いた。

おりきが茶を勧《すす》める。

「ねっ、どう思うかえ？」

おりきはつと長火鉢の鉄瓶《てつびん》に目を落とした。

鉄瓶がカタカタと虚《うつ》ろな音を立てている。

おりきにもなんと答えてよいのか分からなかった。

どんな状況で生《せい》を受けたにせよ、幾富士のお腹にいるのは、一つの生命《いのち》……。

亀蔵の亡くなった女房の妹こうめは、青菜屋《あおなや》の入り婿伸介《しんすけ》の子を身籠もった。

思えば、現在《いま》の幾富士と全《まった》く同じ状況で、女房に死なれ、男鰥《おとこやもめ》で困っているという伸介にこうめが情を移したのであるが、あのとき、こうめのお腹にいたのが、みずきである。

そのみずきも、今や、五歳……。

みずきがこの世に生を受け、周囲《まわり》がどんなに力づけられ、慰《なぐさ》められたであろうか。

亀蔵は実の孫のようにみずきを可愛《かわい》がり、おさわにしても然《しか》り……。

息子の陸郎《りくろう》は手の届かない武家の身分となり、血を分けた孫とも疎遠《そえん》のおさわには、我が手で取り上げたみずきが目の中に入れても痛くないほどに、愛おしい。

それればかりではない。あすなろ園でも、みずきは他の子供たちや善助、とめ婆さんの心を癒《いや》してくれているのである。

おりきはあのときのこうめを思い出した。

こうめは伸介に騙されたと知り、それでも、お腹の子を父《てて》なし子として産むことを決意したのである。

「子供に罪はありませんもの。それに、この子は伸さんの子でもあるけど、あたしの子供なんです」

そう言ったときのこうめの目を、現在《いま》でも、おりきは忘れられない。

母になろうとする顔は、美しくもあり、頼もしくもあった。

名草《なぐさ》の芽……。

これから生まれいずる赤児《やや》には、計《はか》り知れないほどの可能性があり、夢がある。

「わたくしにはどうしたらよいのか答えられません。肝心《かんじん》なのは、幾富士さんの気持ですからね。ただ、生命《いのち》を粗末《そまつ》に考えないでほしいとだけ……」

おりきは言い差し、言葉を呑《の》んだ。

幾千代の思い倦《あぐ》ねた顔が、つと目に入ったのである。

「そうなんだよね。結句、幾富士の腹一つ……」

そう呟《つぶや》くと、幾千代は力なく微笑《ほほえ》んだ。

おりきは京の染物問屋吉野屋幸右衛門《よしのやこうえもん》からの文を読み終えると、ふっと頰を弛《ゆる》めた。

「吉野屋さまがお越しになりやすんで？」

文を読むおりきの手許《てもと》を食い入るように瞠めていた達吉が、待ちきれないといったふうに訊ねる。

「ええ。なんでも、此度《こたび》、初めて大奥《おおおく》からの注文を受けたとかで、打ち合わせのために、広敷向《ひろしきむき》で御年寄《おとしより》に対面なさるとか……」

「そいつァ大《てえ》したものではありやせんか！　吉野屋の名声が遂《つい》に大奥にまで轟《とどろ》いたかと思うと、あっしは嬉《うれ》しくって、言葉もありやせん」

「本当ですこと……。吉野屋さまの地道《じみち》な努力が実を結んだということなのですものね」

「それじゃ、現在《いま》から巳之吉《みのきち》に言って、当日は、一世一代《いっせえいちでえ》の祝膳《いわいぜん》を用意しなくちゃなりやせんね。それで、吉野屋さまはお一人で？」

「それが、竹米《ちくべい》さまご一行も一緒らしいのですよ。竹米さまは江戸の文人《ぶんじん》をお訪ねになるとかで、たまたま、京を発《た》つ時期が重なったそうでしてね。それで、旅は道連れということになったのでしょうよ」

「ほう、加賀山《かがやま》さまがねえ……。けど、一行というのは、一体《いってえ》、何人なのでしょうかね」

「竹米さまのほうは、二名とあります。ですから、竹米さまとお連れで一部屋。別に、吉野屋さまの部屋をご用意すればよいのでしょう」

「連れって、誰なのでしょうね」

「さあ、お名前までは……。恐らく、墨客《ぼっかく》仲間なのではありませんか？」

「それで、いつ、吉野屋さまはご到着で？」

「十一月十五日とあります。まあ、七五三ではありませんか！」

「ちょいとお待ち下さいまし……」

達吉が留帳《とめちょう》を捲《めく》る。

そして、ああ……、と眉根《まゆね》を寄せた。

「生憎《あいにく》、この日は一部屋しか空いていやせんぜ。空いているのは浜千鳥《はまちどり》の間でやすが、ここは吉野屋さまがお気に召した部屋だからよいとしても、八畳間に三人では些《いささ》か窮《きゅう》屈《くつ》ではありやせんか？」

おりきも困じ果てたような顔をする。

「吉野屋さまと竹米さまは肝胆相照《かんたんあいて》らす仲なので、同室でも構わないと思いますが、竹米さまのお連れがどなたか判らないのでは、三人一緒というわけにはいかないかもしれませんわね」

「広間なら空いてやすが……」

おりきは暫《しば》し考え、意を決したように、ふっと微笑んだ。

「とにかく、三人同室でということでお迎え致しましょう。吉野屋さまの文には、二部屋必要とは書いてありません。立場茶屋おりきの酸《す》いも甘いも知っていなさる吉野屋さまですもの、二部屋必要ならば、もっと以前に予約を入れて下さっていますよ」

「さいですね。お迎えしてみて、どうしても、もう一部屋必要と判断したら、急遽《きゅうきょ》、広間を客室に替えたっていいことでやすからね」

「では、巳之吉を呼んで下さい」

「へい」

達吉が帳場を出て行く。

吉野屋幸右衛門にも加賀山竹米にも、随分と久しく逢っていない。

確か、絵師の道を志す三吉《さんきち》を連れに来たのが最後だから、はや、一年と八月《やつき》……。

おりきが立場茶屋おりきの女将となって、幸右衛門がこれほど間を空けたことはなかった。

やはり、幸右衛門が後添《のちぞ》いを貰《もら》ったことが、影響しているのだろうか……。

ふと胸を過ぎった寂寥感《せきりょうかん》に、おりきは慌てた。

女ごの持つ醜《みにく》さを、自分の中に垣間《かいま》見たように思ったのである。

なんて浅ましいことを！

内儀に先立たれた幸右衛門から、後添いに来てくれないかと頭を下げられ、その有《あり》難《がた》い申し出を断ったのは、この自分ではないか……。

それなのに、幸右衛門が長く内儀の御側《おそば》を務《つと》めた女を後添いに直したと聞けば、三百落としたような思いに陥り、その後、足遠くなればなったで、寂しく思うなんて……。

大切な男《ひと》だからこそ、その幸せを願わないでどうしようか！

はっと、おりきは心に過ぎった邪念《じゃねん》を払った。

「お呼びでしょうか」

巳之吉が声をかけて、障子を引く。

「ええ、お入り。大番頭さんから聞いたでしょうが、京の吉野屋さま、加賀山さまが久方振りにお見えになるのですよ」

おりきは無理して頬に笑《え》みを貼《は》りつけ、中に入るようにと巳之吉を手招きする。

「聞きやした。なんでも、此度、吉野屋さまが大奥から仕事を賜《たまわ》ったとか……。とびきりの祝膳を用意するようにと大番頭さんから言われやした」

「ええ、そうなのですよ。けれども、そんなに肩肘を張ることはないのですよ。吉野屋さまとは長い付き合いですもの。あの方の好みは巳之吉が一番よく知っているでしょうから、おまえなりの料理で接待《せったい》すればよいのですよ」

「へい、解っておりやす。まだ二廻《ふたまわ》り（二週間）ほどありやすし、当日の河岸の状況にもよりやすが、幸い、海の幸、山の幸と現在《いま》は食材に事欠きやせん。腕に縒《よ》りをかけて、作らせていただきやす。で、祝膳は三人前ということで宜しゅうござんすか？」

「それで構いません。足が出るなんてことは考えなくてよいのですよ。これは、わたくしどもの祝儀《しゅうぎ》のつもりなのですから、巳之吉が使いたいと思う食材で、思う存分、腕を揮《ふる》って下さいな」

「承知しやした」

巳之吉が帳場を出ると、おりきは裏庭へと廻った。

普請場では、現在《いま》、瓦職人《かわらしょくにん》が屋根を葺《ふ》き、左官《さかん》たちが壁を塗《ぬ》っているところである。

まだ建具職人《たてぐしょくにん》が入るところまではいっていないので、どうやら、完成を見るのは年明けになりそうである。

「ご苦労ですね。後で小中飯《こじゅうはん》（おやつ）を届けさせますので、一服して下さいな」

おりきが左官に声をかけると、洗濯場からとめ婆さんが出て来た。

「善爺の掘っ立て小屋が、こんなに立派な二階家になるとはね……」

とめ婆さんが二階の屋根を見上げ、惚《ほ》れ惚《ぼ》れとしたように言う。

「とめさんの部屋もありますからね。長い間、洗濯場で窮屈な想いをさせてしまい、申し訳なく思っていますのよ。もう少しの辛抱ですから、我慢《がまん》して下さいね」

「なァんの。あたしゃ、身体がちっこいもんだから、畳一畳もあれば、結構、毛だらけってもんでね」

「けれども、これまではそれでよかったかもしれませんが、霜月に入りましたからね。これからは、日を追うごとに、寒さがつのります。風邪《かぜ》を引かないように、常に、身体を温めて下さいね」

「へへっ、莫迦は風邪を引かないというからさ。それに、風邪のほうがあたしを怖がってか、避《さ》けて通るもんでしてね。だが、長生きはしてみるもんだね。あたしゃ、生涯、こんな立派な家に住めるなんて思っちゃいなかったが、それが、住めるばかりか、自分の部屋が持てるんだもんね。新しい畳の匂《にお》い……。ああ、想像しただけで、胸がわくわくしちまうよ！　善爺もさァ、この家から元気を貰ってくれればいいんだけどさ」

とめ婆さんの言葉に、おりきの胸がきやりとした。

「とめさんも善助に元気がないと思うのですね？」

とめ婆さんは唇をひん曲げて見せた。

「けどさ、環境が変われば、また違ってくるかもしれないしさ。そうだ、女将さんに訊こうと思ってたんだが、幾千代姐さんのところの幾富士、これかえ？」

とめ婆さんが腹を膨らませてみせる。

あっと、おりきは息を呑んだ。

では、もう巷《ちまた》で幾富士の懐妊が取り沙汰《ざた》されているのだろうか……。

「何も、そんなに驚かなくてもよいじゃないか。憚《はば》りながら、品川遊里のことじゃ、あたしは地獄耳《じごくみみ》でしてね。幾富士が歩行新宿のおさだの家を窺っていたと聞いたもんだからさ。おさだというのは、中条流の堕ろし婆《ばばあ》だが、これが、とんだかませ者でさ！　あの婆さんの手にかかって、何人の女ごが生命《いのち》を落としたか……。確か、幾富士の姉さんもあの婆さんの手にかかったと思うが……」

とめ婆さんが苦虫《にがむし》を嚙《か》み潰《つぶ》したような顔をする。

「それで、幾富士さんは？」

「いや、通りから窺っていただけで、中には入らなかったそうだがよ。恐らく、思い倦んだ末、決めかねて帰ったんだろうが、あたしゃ、それで良かったと思ってるんだ。子は天からの授《さず》かりもの……。おせんの母親菊香《きくか》なんて、妓楼の反対を押し切ってまで赤児《やや》を産み、地震で死ぬまでの短い間だったが、おっかさんとしての幸せを嚙み締《し》めていたからね。みずきだってそうだ……。父なし子として生まれても、亀蔵親分や八文屋《はちもんや》の連中ばかりか、あたしら皆に元気を与えてくれている。ところがさァ、あたしはよっぽど業の深い女ごなんだろうね……。飯盛女《めしもりおんな》をしていた頃、二度も子を孕んでね。一度目は、我が子の顔も拝まないうちに、取り上げ婆に連れ去られ、二度目は、今度ばかりはその手に乗るもんかと取り上げ婆を突き飛ばして赤児を抱えて逃げたんだが、生まれたばかりの赤児があたしの腕の中で息絶えちまってさ……。逃げることに夢中になり、赤児の鼻を塞いでいたことに気づかなかったんだよ。結句、あたしが殺したようなもんだ……。それからのあたしは、女将さんも知っていなさるように、一切《いっさい》の感情をかなぐり捨て、血も涙もない遣手婆《やりてばばあ》となった……。けど、時々、思うんだが、あのときの子が生きていてくれたら、あたしの生き方もまた別のものになったかもしれないってさ……。だからさ、幾富士も頑張って生んで欲しいのさ。それで、女将さんに聞けば、その後、幾富士がどうしたか判ると思って……」

とめ婆さんが金壺眼《かなつぼまなこ》でおりきを瞠める。

「いえ、わたくしも幾富士さんがどうなさったのか、まだ幾千代さんから聞いていませんのよ」

「だったら、きっと、思い直してくれたんだ！　幾富士には幾千代姐さんがついているんだもの、赤児《やや》が生まれるまで、お座敷を休んだところで金には困らない。それに、生まれた後は乳母《うば》を雇《やと》えばいいのだし、思い切って産むといいんだ！　ねっ、女将さんもそう思うだろ？」

「ええ、わたくしもそう思いますよ」

おりきがそう言うと、とめ婆さんは満足げにパァンと手を打った。

「じゃ、女将さんから幾千代姐さんに発破《はっぱ》をかけてやるこった！　なになに、するてエと……」

とめ婆さんは気が早い。

どうやら、幾富士の産み月を数えているようである。

吉野屋幸右衛門の祝膳のお品書《しながき》を手に、おりきはおやっと思った。

本膳《ほんぜん》の形を取っていないのである。

「これは？」

おりきが訝しそうに巳之吉を見ると、巳之吉は照れたように笑って見せた。

「巳之吉流会席膳《かいせきぜん》とでもいいやしょうか。先付《さきづけ》から最後の水物《みずもの》までを、一品ずつお出ししようと思いやして……」

「すると、本膳のように、一の膳に八寸《はっすん》、椀物《わんもの》、酢物《すのもの》と盛ってお出しするのではなく、お客さまの前に配された膳に、一品ずつ、お運びすることになるのですね」

「女中たちには造作《ぞうさ》をかけることになりやすが、一品ずつ運ばれてきたほうが、客も次は何が出るのだろうかと愉しみが増えるのではねえかと思いやして……。それに、吉野屋さまの祝膳には、各々《おのおの》の膳にお品書をおつけしようかと……。客はお品書を見ながら、それぞれに次の料理を頭に描《えが》きやすからね」

「あっ、成程、巳之吉の腹が読めたぞ！　頭に描いたものと、実際に出てきた料理の違いに、客が二度驚くって寸法だな？」

達吉が仕こなし顔にポンと膝を打つ。

「ええ、まっ、そう言われればそのようなもので……。それで、これで宜しいでしょうか?」

「ええ、構いませんよ。吉野屋さまもさぞや悦ばれることでしょう。では、そのつもりで、改めて、お品書を拝見しましょうか」

おりきがお品書に目を通す。

このところ、巳之吉の図入りお品書も随分と上達してきた。

墨色一色《すみいろいっしょく》ながら、まるで料理がそこにあるかのように、活き活きと描かれているのである。

先付　栗《くり》と銀杏《ぎんなん》の蜜煮《みつに》
　器《うつわ》　赤絵《あかえ》四方《しほう》吹き上げ皿

八寸　柿香合《かきこうごう》入り柿膾《かきなます》
　カボス釜《がま》　筋子《すじこ》味噌《みそ》漬《づけ》
　魳小袖寿司《かますこそでずし》焼目《やきめ》つけ
　鱚《きす》松の実焼

零余子《むかご》しんじょう
青竹松葉《あおだけまつば》串刺《くしざ》し　車海老《くるまえび》つや煮
銀杏麩《いちょうふ》
子持若布《こもちわかめ》、毬栗揚《いがぐりあげ》　栗渋皮煮《くりしぶかわに》　芥子《けし》の実
器　木の葉形網代前菜盆《あじろぜんさいぼん》

椀物　松茸《まつたけ》、鱧《はも》、南禅寺麩《なんぜんじふ》、三つ葉の清《す》まし汁仕立
器　菊色絵煮物椀《きくいろえにものわん》

造り　伊勢海老姿造り
器　備前俎板皿《びぜんまないたざら》

箸休《はしやすめ》　焼松茸と水菜《みずな》のお浸《ひた》し
器　白磁《はくじ》百合《ゆり》花形向付《はながたむこうづけ》

焼物《やきもの》　宝楽焼《ほうらくやき》　真魚鰹《まながつお》味噌漬《みそづけ》

　車海老雲丹蠟焼《くるまえびうにろうやき》
　焼栗　煎《い》り銀杏
　器　焙烙《ほうろく》

炊合《たきあ》わせ　油目煮付《あぶらめにつけ》　牛蒡《ごぼう》　三度豆《さんどまめ》
　器　八重桜絵蓋物《やえざくらえふたもの》

酢物《すのもの》　あちゃら和《あ》え
　赤貝、鳥貝、聖護院蕪《しょうごいんかぶら》、瓜《うり》、水前寺海苔《すいぜんじのり》、イクラ
　器　乾山竜田川写《けんざんたつたがわうつし》　深鉢《ふかばち》

揚物《あげもの》　揚物盛合わせ
　海老芋《えびいも》芥子の実揚　油目　銀杏松葉刺し
　器　吹き寄せ籠《かご》

ご飯　栗飯《くりめし》

留椀《とめわん》　甘鯛潮汁《あまだいうしおじる》、松茸、菊菜《きくな》、柚子《ゆず》

香《こう》の物　べったら漬、牛蒡味噌漬

水物《みずもの》　富有柿《ふゆうがき》

器　絵替菓子皿《えがわりかしざら》

皿数からすれば、本膳とほぼ同じであろうか……。

だが、一品ずつ出すとあって、いつにも増して、器や盛りつけに工夫《くふう》があった。

八寸を盛った木の葉形の網代前菜盆は、紅葉《こうよう》した木の葉の上に恰《あたか》も秋の味覚が載っているかのようで、くり抜いた柿の中には紅白膾《こうはくなます》、そして、カボスの皮の中に筋子といった具合に、小粋《こいき》な演出である。

また、圧巻《あっかん》であったのは宝楽焼で、焙烙の上に青松葉《あおまつば》を敷き詰め、その上に、味噌焼にした真魚鰹と車海老雲丹蠟焼を載せ、ところどころに銀杏《いちょう》の葉や銀杏《ぎんなん》、紅葉《もみじ》の赤い葉を散らしていることであった。

揚物の盛合わせもまた同様で、吹き寄せ籠を上手《うま》く使い、籠の中に枯葉《かれは》を敷き詰め、その上に、油目や海老芋芥子の実揚げを配し、松葉刺しにした銀杏や紅葉の葉を散らし、秋の野を見事に創《つく》り上げている。

本膳だと使う器に制限があり、こうは上手くいかないだろう。

「流石ですこと！　吉野屋さまに秋の風情《ふぜい》を堪能《たんのう》していただきたいという、巳之吉の想いがよく伝わってきますよ。けれども、このあちゃら和えというのは、どういった料理なのですか？」

ああ……、と巳之吉は頬を弛めた。

「あちゃらは阿茶羅《あちゃら》から取ったのでやすが、旬《しゅん》の野菜などを細かく刻《きざ》み、唐辛子《とうがらし》を加えた甘酢《あまず》に漬けたものという意味で、今回は、赤貝、鳥貝、聖護院蕪、瓜、水前寺海苔を甘酢と水気を絞《しぼ》ったおろし大根で和え、上にちょいとイクラを載せてみやしたが、さっぱりとした味で、風味《ふうみ》合《あい》もよいかと……」

「まあ、それは美味《おい》しそうですこと！　では、食後のお薄《うす》に添《そ》える甘味《かんみ》は？」

「季節柄、栗茶巾《くりちゃきん》をとも思いやしたが、料理のほうに栗がふんだんに出てきやすんで、黒胡麻《くろごま》葛餅《くずもち》でもと思っていやす。それも、ほんの一口で食べられるほどに小さくしようかと……」

「そうですね。元々、吉野屋さまはあまり甘い物をお好みにならないので、それでよいかと思います。それで、食材は全て調ったのですね？」

「へい」

「おっ、巳之吉よ、一つ訊きてェんだが、おめえ、さっき客の膳全てにお品書を提示すると言ったよな？　まさか、図入りの、このお品書を添えるというのじゃねえだろうな？」

「いくらあっしでも、そこまでは……」

巳之吉が苦笑する。

「絵は描《か》きやせん。絵を描いたのでは、せっかくの愉しみがなくなるではありませんか」

「そりゃそうだよな！」

達吉も馬鹿げた質問をしたと思ったのか、照れたように鼻を擦る。

「それで、他の客室は如何いたします？」

「へい。それは従来通り、本膳の形で……。ですが、器や盛りつけが違うだけで、料理の内容はほぼ同じと思って下せえ。無論、そちらにはお品書もつけやせんので、膳を運んだ女中が説明することになりやす」

「そりゃ当然よ。客室全てに一品ずつ運んでたんじゃ、人手がいくらあっても足りゃしねえ！　第一《でえいち》、気の利《き》いた器を揃えるのだって大変《てえへん》だ」

達吉がまたもやしたり顔をする。

「いえ、あっしの夢は、いずれは客室の全てに会席膳をお出しすることでやす。けど、大番頭さんがおっしゃるように、それでは人手が足りやせん。それに、頃合いを見て、一つ一つの料理をお出しするのでなければ意味がありやせんから、やはり、これは特別な折で、あっしの料理を解って下さる客にと思っていやす。では、あっしはこれで……」

巳之吉がぺこりと頭を下げると、板場に戻って行く。

「それで、吉野屋さまご一行は、いつ、ご到着に？」

「さあ、文には到着時刻まで書かれていませんでしたが……。おや、もう、こんな時刻ですか！　刻《とき》は待ってくれませんものね」

おりきは客室に花を活けようと立ち上がった。

「吉野屋さま、加賀山さま、お久しぶりにございます」

おりきは上がり框《かまち》の内側で深々と辞儀をして、頭を上げかけ、あっと目を瞠《みは》った。

加賀山竹米の背後に、三吉の姿を認めたのである。

竹米が悪戯《いたずら》でもした幼児のように、くくっと肩を揺《ゆ》すり、幸右衛門へと視線を流す。

「してやったり！　幸右衛門どの、どうだい！　女将のこの驚きようは……」

幸右衛門は噴《ふ》き出しそうになるのを、懸命《けんめい》に堪《こら》えていた。

「いえね、加賀山さまが三米《さんべい》を供につけることを女将に内緒《ないしょ》にしておこうと言われるものだから、それで、連れの名前を伏せていたのだが、まさか、女将がこれほど驚かれるとは……」

「いやァ、済まない。ちょいと悪さをしてみたくなったものでね。これ、三米、何をしておる。女将さんに挨拶《あいさつ》をせぬか！」

竹米が三吉を前に押し出す。

三吉は恥ずかしそうに頬に紅葉を散らし、深々と頭を下げた。

おりきは三吉の傍まで寄ると、その手をしっかと握り締めた。

三吉が顔を上げる。

「三吉、まあ、本当に、三吉なのですね！　どれ、顔をよく見せておくれ。まあ、こんなに立派な若者になって……」

おりきが三吉の手をゆさゆさと揺する。

「女将さんもお元気そうで、何よりです」

三吉はここにいた頃よりも背丈が伸び、随分とはっきりとした物言いをするようになっていた。

「三吉、おめえ……。立派になりやがって……。これじゃ、どこから見ても、一廉《ひとかど》の絵師じゃねえか。けど、よく帰《けえ》って来たな」

達吉が堪えきれずに、ぐずりと鼻を鳴らす。

「おう、大番頭さんよ、間違えてもらっちゃ困るぜ。三米は揮毫《きごう》の旅の途中に、ちょいと立ち寄っただけなんだからね」

竹米がちょっくら返したように言う。

「そのくれェ解っていやす……。それより、さっ、部屋のほうにどうぞ」

達吉が幸右衛門たちを部屋に案内するように、おうめに目まじする。

下足番が洗足盥《せんぞくだらい》を手に寄ってくる。

すると、三吉が上がり框に腰を下ろした竹米の顔を覗き込んだ。

「先生、わたくしは後から参っても宜しいでしょうか？　妹や善爺に挨拶をしたいと思いますので……」

おりきもはっと竹米を窺った。

「そうですね。そうさせてもらいなさい。加賀山さま、それで宜しゅうございますわね？」

「ああ、構わないよ。ゆっくり、皆と旧交を温めてくればよい」

竹米も快《こころよ》く許してくれ、三吉は達吉の案内で、裏庭へと廻った。

そうして、中庭から裏庭へと抜け、三吉は目の前にそびえる二階家を、驚いたように見上げた。

「あれは？　あそこは確かじっちゃんの……」

三吉が訝しそうに達吉を見る。

「ああ、善爺の小屋のあったところだ。そうか、おめえは知らなかったんだな……。今年の牛頭天王祭《ごずてんのうさい》が終わった翌日のことなんだが、かなり大きな地震があってよ。この界隈《かいわい》に随分と被害が出たんだが、そのとき、善爺の小屋も崩壊《ほうかい》しちまってよ」

「地震？　じっちゃんの小屋がとは……。大番頭さん、もっとゆっくり話して下さいよ」

達吉は三吉の耳が聞こえなかったことを思い出したようで、もう一度、今度は身振《みぶ》りを交えて、ゆっくりと話した。

「地震でじっちゃんの小屋が崩れたって……。それで、じっちゃんは？　じっちゃん、大丈夫だったんだよね？」

「ああ、大丈夫《でえじょうぶ》だった。幸い、地震があったとき、子供部屋にいたもんでね。そうだ、おめえに言っとかなきゃならねえことがある。実はよ、その地震で、孤児《みなしご》となった子がいてよ。子供部屋で預かることになった……。つまりよ、養護施設あすなろ園だ」

「養護施設って……」

「ああ、おめえとおきちがおっかさんやおたかに死なれて、立場茶屋おりきに引き取られただろ？　それと同じだが、此度は、三人だ……。それで、この際、養護施設にしちまおうってんで、ああして、善爺の小屋の跡地に二階家を建てているところでよ。今度はよ、二階に俺や善爺、茶屋番頭、とめ婆さんの部屋まであるんだぜ」

「そうですか。では、じっちゃんもおきちも元気なのですね？」

「ああ、元気だ。といっても、善爺はちょいとばかし焼廻っちまったがよ。けど、おめえの顔を見れば、病なんか一遍に吹っ飛んじまうさ！」

「病って……。えっ、じっちゃん、どこか悪いので？」

「なに、大《て》えしたことはねえんだ。だから言ったじゃねえか、おめえの顔を見れば、元気になるってさ。さっ、早く、顔を見せてやんな！」

達吉は三吉の背中を押した。

子供部屋では、丁度、子供たちの夕餉《ゆうげ》が始まったばかりのところだった。

「あんちゃん……」

おきちは三吉の姿を認めると、まるで幽霊《ゆうれい》でも見たかのような顔をした。

「ホントだ！　三吉あんちゃんだァ！」

おいねが歓声を上げ、転がるようにして、駆け寄って来る。

「おう、おいねちゃん、元気だったか？」

三吉がおいねを抱き止め、おきちにも傍に寄れと手招きをする。

「おきち、元気そうだな。おまえ、女将さんの養女にしてもらったんだってな？　すっかり女らしくなって……。もう、女将さん修業をしているのか？」

三吉がおきちを抱き寄せる。

「あんちゃん、酷《ひど》い……」

おきちが三吉の胸でくぐもった声を出す。

「えっ、なんだって？　きちんと、あんちゃんの顔を見て話してくれないと、解らないじゃないか」

おきちが顔を上げる。

「だから、なんで、帰るのなら帰ると言ってくれなかったのさ」

「ああ……。突然、師匠《ししよう》の供をすることに決まったんでね。それに、突然帰って、皆を驚かそうと思って……。なっ、驚いただろう？」

「驚いたなんてもんじゃない！　あたし、狐憑《きつねつ》きにでも遭ったんじゃないかと思って……」

「莫迦だな、おきちは！　それより……」

三吉が子供部屋を見回す。

どうやら、善助の姿を捜しているようである。

だが、貞乃と目が合うと、三吉はぺこりと頭を下げた。

「おきちの兄、三吉です」

「まあ、あなたが……。現在《いま》は京で絵の修業をなさっているそうですね。わたくしは高城《たかぎ》貞乃。内藤素庵の姪《めい》ですが、現在《いま》は、あすなろ園のお世話をさせてもらっていますのよ。あなたのことは女将さんや善助さんから聞いていました。おや、善助さん、おまえさまは一体何をなさっているのですか？　あれほど逢いたがっていた三吉さんですのよ」

貞乃が勇次《ゆうじ》の隣に坐《すわ》った善助を促《うなが》す。

「三吉……。ああ、夢じゃねえ。三吉の声だ。お、お、おめえ、りっ、立派に……。ああ、神さま、あ、ありがとうごぜェやす……。俺ャ、に、二度と、生きて、三吉にゃ逢えねえと……。ゆ、夢じゃねえ、夢じゃねえんだな……」

善助の頬を、涙がはらはらと伝った。

「じっちゃん、もういいから……。解ってるよ、解ってるからね」

三吉が善助の頭を抱え込む。

じっちゃんがこんな姿になっているとは……。

三吉の胸は張り裂けそうであった。


浜千鳥の間に戻った三吉は、座敷に蝶脚膳《ちょうあしぜん》が三人分用意されているのを見て、次の間から、気を兼ねたように中を窺った。

「ただいま戻りました。勝手をさせていただき、申し訳ありません」

「おう、三米、やっと戻って来たか！　さあ、中に入りなさい」

幸右衛門が待っていましたとばかりに手招きをする。コの字型に膳が配され、床の間を背にして幸右衛門の席が、そして両脇が、竹米と三吉の席である。

「いえ、わたくしはここで……」

「何を言っておる。今宵、おまえは立場茶屋おりきの客なのだ。客が次の間で食事をしてどうする！　さあ、中に入りなさい」

竹米が胴間声《どうまごえ》を上げ、三吉が怖《お》ず怖ずと座敷に入って来る。

そうして、竹米と向かい合わせの席に、遠慮がちに腰を下ろした。

「三吉、いえ、三米さま。おまえさまはお客さまなのですよ。それに、今宵は吉野屋さまが大奥への出入りを許された祝いの席でもあります。巳之吉が心を込めた料理を、どうか存分に堪能して下さいましね」

おりきが三吉の緊張を解《ほぐ》そうと、微笑んでみせる。

「巳之吉が心を込めた祝膳か……。そいつは愉しみだな」

食通の幸右衛門が嬉《うれ》しそうに、にたりと笑う。

「わたしはなんと運の良い男よ！　たまたま京を出立《しゅったつ》するのが幸右衛門どのと重なったので道中を共にすることになったのだが、お陰で、わたしまでが祝膳にありつけるとはよ……。なっ、三米、そういうことだ。我々は気をよくして、ご相伴《しょうばん》に与《あずか》ろうではないか！」

竹米が豪快《ごうかい》に笑う。

そこに、先付が運ばれて来た。

ほう……、と幸右衛門が目許《めもと》を弛める。

赤絵四方吹き上げ皿に、砂糖《さとう》と酒で蜜煮にした栗と、銀杏の翡翠色《ひすいいろ》……。

まさに、秋景色《あきげしき》である。

続いて、八寸が運ばれてくる。

「これは……」

幸右衛門が絶句した。

「蝶脚膳に箸《はし》と盃《さかずき》しか置いてなかったので、怪訝《けげん》に思ったのだが、ほう、こういう趣向《しゅこう》とは……。なんと、見事な秋景色ではないか！　網代形の前菜盆に、秋の野がそっくり移ってきたようだ。巳之吉という男は、なんて心憎《こころにく》い男なんだえ！」

「今宵の祝膳は巳之吉流会席膳とかで、一品ずつ、お料理をお出しするそうですの」

おりきが幸右衛門に酌《しゃく》をする。

女将自らが客に酌をすることなど滅多《めった》にないが、幸右衛門の席だけは別であった。

「成程ね。それで、各々の膳にお品書が載っていたのだな。すると、八寸の次は、椀物か……」

「続いて、伊勢海老の造り。客は器や盛りつけを頭の中に描き、胸を躍《おど》らせながら、料理を待つって寸法か……。考えたではないか、女将！」

竹米も感心したように言う。

「いえ、考えたのは巳之吉にございます。あら、三米さま、どうか致しまして？　ちっとも箸が進んでいないではありませんか」

おりきが気遣《きづか》わしそうに三吉を見る。

三吉は鼠鳴《ねずみな》きするような声で、女将さん、お願いです、三吉と呼んで下さい、と呟いた。

「おう、そうよ！　あたしたちは三米という名にすっかり慣れてしまったが、女将から三米さまと呼ばれたのでは、照れ臭いよな？　女将、三吉、と呼び捨てにしてやって下され。三米にしてみれば、謂わば、ここは実家《さと》のようなもの……。つまり、女将はお袋さんだ」

「幸右衛門どのの言うとおり！　女将、今宵は三米を三吉に戻させてやって下され」

「解りました。わたくしもそうさせていただければ、どんなに有難いことか……。三吉、よく戻って来て下さいましたね」

おりきの胸に熱いものが込み上げてくる。

「だが、三米を見たときの女将のあの顔！　驚かそうと思ってしたことだが、まさか、あそこまで驚かれるとは……。女将とは長い付き合いだが、いつも冷静な女将があんな顔をするのを、あたしは初めて見ましたよ」

幸右衛門が盃をぐびりと空け、片目を瞑《つぶ》ってみせる。

「ええそれはもう、驚きましたことよ。けれども、あのような驚きなら、いつでも大歓迎ですわ。ほぼ、二年ぶりですものね。三吉がこんなに立派な青年になったとは……。すっかり京の水に馴染《なじ》み、元服したことも、加賀山さまのお母さまに可愛がっていただいていることも文で知っていましたが、なんだか、面差《おもざ》しまでが凜々《りり》しくなって……。加賀山さま、有難うございます。よくぞ、三吉をお連れ下さいました」

おりきが改まったように頭を下げる。

「いや、本当は、旅に連れ歩くにはまだ少し早いかと思ったのだが、三米の上達が思った以上に早くてね。絵は無論のことながら、書や詩も、これなら人前に出しても恥ずかしくないところまで来た……。となれば、後は、作法《さほう》や他人《ひと》との付き合い方だが、これればかりは、実際に文人墨客と渡り合ってみなければ、身につかない……。それで、此度は、顔見世《かおみせ》のつもりで連れて来たのです」

竹米はまるで我が子の自慢でもするかのような言い方をした。

竹米の言葉の端々《はしばし》に三吉への想いがこもっている。

「まあ、そうなのですか。三吉からの文を見る度《たび》に、随分と能筆《のうひつ》になったと感心していたのですが、そこまで……」

ああ、やはり、三吉を京にやったのは、正解だったのだ……。

おりきの目頭《めがしら》が熱くなった。

椀物が運ばれてくる。

椀の蓋《ふた》を開け、幸右衛門がおおっと頰を弛めた。

そして、一口啜《すす》り、再び、相好《そうごう》を崩す。

「蓋を開けた瞬間《しゅんかん》、松茸の香りが立ち、一口啜ると、三つ葉の香りに、鱧の芳醇《ほうじゅん》な甘み……。胃の腑《ふ》に爽《さわ》やかな風が吹き込んだようですぞ！」

「うん、美味《うま》い！　おや、どうした、三米。飲んでごらんよ。まさに、これぞ秋の味！」

竹米に促されて、三吉も椀を手に一口啜る。

が、その目にわっと涙が溢《あふ》れ、ぽとりと清まし汁の中に落ちた。

あっと、誰もが目を疑った。

「どうした、三米！　まさか、あまりの美味さに、感激したのではあるまいな？」

竹米が三吉の顔を覗き込む。

三吉は椀を膳に戻すと、首を振った。

「勿体《もったい》なくて……。わたしだけがこのような馳走《ちそう》をいただいてよいのかと思うと……。つい今し方、じっちゃん、いえ、善爺が飯粒《めしつぶ》を板間にぽろぽろと零しながら食べている姿を目にしたばかりで、余計こそ、そう思えてきて……。済みません。目出度《めでた》い席で、こんなことを……」

三吉ははらはらと涙を零した。

おりきは慌てた。

「申し訳ありません。どうか、三吉を許してやって下さいませ。善助は三吉にとって実の祖父のような存在なのです。京行きの話が出たときも、三吉は善助を残して京に行くことを躊躇《ためら》い、随分と逡巡《しゅんじゅん》しました。善助にしてみても、三吉を傍から離したくはなかったと思います。けれども、三吉の行く末を思うと、絵師として身を立てるのが三吉の宿命《さだめ》であり、幸せなのだからと、恰も、獅子《しし》が千仞《せんじん》の谷に我が子を突き落とすような想いで、京へと送り出しました。その後、善助は病を得て不自由な身体になりましたが、その折も、病の床でわたくしに手を合わせ、三吉にだけは知らせないでくれと哀願《あいがん》いたしました。京で絵の修業をする三吉に、余計な心配をかけてはならないと思ったからでしょう。わたくしにも善助の想いが痛いほどに解りました。それで、敢《あ》えて、京には善助の病のことを伏せていたのですが、恐らく、三吉は今日初めてそのことを知り、それで、居たたまれない想いに陥ったのだと思います。そんな理由《わけ》です。どうか、許してやって下さいませ」

おりきは畳に頭を擦りつけるようにして、謝った。

「女将、解った、解った。頭を上げて下され。なに、あたしも大方そんなことではないかと思っていたんだ。だったら、善助もここに呼んでやればよかった……。なっ、そうだろう？」

幸右衛門が竹米に同意を求める。

おりきは挙措《きょそ》を失った。

「いえ、それだけはなりませんのよ。お気持だけは有難く頂戴いたしますが、三吉と善助では、立場が違いますので……」

「ほう、矩《のり》を超えてはならないということなのか……。では、こうしようではないか。食事は致し方ないとして、三吉と善助を一緒の部屋で寝かせてやれば、誰に気を兼ねることなく、積もる話が出来るというものだ」

幸右衛門の言葉に、おりきも眉《まゆ》を開いた。

「そうさせていただいても宜しゅうございますか？　大番頭から説明があったと思いますが、実は、今宵は二部屋ご用意することが出来ませんでしたの。それで、吉野屋さまと加賀山さまに同室をお願いしたいと思っていたのですが、加賀山さまのお連れがどなたか判らず、どうしても、もう一部屋必要ならば、広間を使っていただこうと思っていましたの。それで、如何でしょう？　吉野屋さまと加賀山さまにここを使っていただき、三吉と善助の床を広間に取らせてもらえると有難いのですが……」

「おう、それがよい！　あたしに異存はないが、加賀山さまは如何ですかな？」

幸右衛門が頷《うなず》き、竹米も、よし、それで決まり！　と膝を打った。

それで、三吉は……。おりきは三吉に目をくれた。

三吉は俯《うつむ》いたまま、まだ泣いている。

では、三人の会話は聞こえていなかったのだ……。

でも、きっと、三吉も善助も悦んでくれるに違いない。

そう思うと、おりきはほっと胸を撫《な》で下ろした。

その夜、一階の広間で、三吉、善助、おきちの三人が眠ることとなった。

おきちを加えたのは、おりきの配慮からである。

善助は以前のように会話が滑《なめ》らかに弾まなくなっていたし、それに、これは誰しもに言えることなのだが、相手への想いが強すぎると、余計こそ、言葉が出にくくなる。

けれども、話さなくてもいい。傍にいてやるだけでよいのである。

善助を真ん中にして、孫のような三吉とおきちの双子兄妹《ふたごきょうだい》が、思い出話や将来の夢を語り合う。

そんな二人の姿に、目で、耳で接するだけで、それでもう、善助は幸せなのではなかろうか……。

そう思い、おきちにも声をかけたのであるが、おきちも大層悦んでくれた。

そうして、善助は両脇に三吉とおきちを置いて眠り、至福《しふく》の一夜を過ごしたのである。

翌朝、朝餉《あさげ》を摂るために客室に戻ろうとした三吉は、善助の傍まで寄ると、ぎゅっとその身体を抱き締めた。

「じっちゃん、元気でな！　おいら、必ず、また来るから、元気でいてくれよな。離れていても、おいらの心はいつもじっちゃんと一緒だ。いつも、いつも、一緒にいるからよ！」

そう言うと、つと身体を離し、善助の目を瞠めた。

善助が、うんうん、と頷く。

「おめえも、たっ、達者でな」

「大丈夫だ。おいらは元気だからよ。それでね、じっちゃんにこれを……」

三吉が懐の中から折り畳んだ紙を取り出す。

「本当は、もっときちんとした絵にしたかったんだけど、遽《あわただ》しく京を出立しちまったもんだから……。これは旅の途中で描いたんだ」

「こ、こ、これを、俺に？」

「ああ。この次、来たときには、もっといい絵をやるからよ。今日はこれで勘弁《かんべん》してくれよな」

「三吉……」

善助の目に、涙が溢れた。

絵は墨色の濃淡《のうたん》で見事なまでの峡谷《きょうこく》が描かれていて、右側の崖《がけ》の上に獅子が一頭、谷底を見下ろし吠《ほ》えている。

そして、左下の川べりには、山々を生写《しょううつ》しする絵師の姿……。

まさに、獅子は善助、絵師は三吉であった。

「アリガトよ……。た、宝じゃ。宝にするけんの……」

「何を言ってんだよ。こんなの、いくらでも描いてやるよ。だから、元気でいてくれよ！」

うんうん、と善助が頷く。

三吉は再び善助の身体を抱き締めると、客室に戻って行った。

そうして、吉野屋、加賀山たちが旅籠を後にして、一刻《いっとき》（二時間）後のことである。

刻は四ツ（午前十時）、旅籠は泊まり客の全てを送り出し、茶屋も朝餉膳を終え、昼の書き入れ時を迎えるまでのほっとひと息吐いたときである。

吾平が信楽の大壺が直ってきたと知らせに来た。

「大《てえ》したもんだ。中に重湯を張っただけで、ぴたりと滲みるのが止まったといいやすからね。親方が言うには、元々、どこにも罅はなかったのじゃねえかと……。壺の気《き》紛《まぐ》れとしか思えねえって……。妙なことがあるもんでやすね」

吾平は狐につままれたような顔をした。

久々に見る信楽の大壺は、以前にも増して、威風堂々《いふうどうどう》としているように見えた。

お帰り……。

おりきは感無量《かんむりよう》となり、いつもの場所に大壺を戻してやった。

そうして、普請場の職人に声をかけようと思い裏庭に出て行くと、子供部屋と二階家の真ん中辺りに、善助の背中を捉《とら》えた。

どうやら、善助は床几を持ち出し、二階家に見入っているようである。

よかった！　善助にも、普請の進み具合を気にするだけの元気が出てきたのだ……。

そう思い、おりきは背後から声をかけた。

「善助、寒くはないですか？　今日は比較的暖かいけど、無理をしてはなりませんよ」

が、善助は答えようとしない。

全く、反応がないのである。

あっと思ったおりきは善助の前に廻ると、ぎくりと身体を硬くした。

善助の目が虚ろなのである。

心持ち微笑んでいるように見えるが、まるで蠟人形《ろうにんぎょう》のように固まっている。

「善助、おまえ……」

おりきは地面に膝をついて、善助の身体を抱えた。
まだ、微《かす》かに温《ぬく》もりがあるが、善助は確かに事切れていた。
そっと指先で、善助の開かれた目を閉じてやる。
善助、おまえ、とうとう逝《い》っちまったのだね……。
長い間、ご苦労さまでした。よく、尽くしてくれましたね。
けれども、最期《さいご》に、三吉に逢えたのだものね。
三吉との思い出を胸に旅立っていったのだもの、哀《かな》しむのは止しましょうね。
善助、有難うよ……。
おまえが皆に与えてくれた数限りない幸せを、決して忘れない。
おまえはわたくしたちの胸の中で、いつまでも生き続けるのですものね。
おりきは胸の内で呟き、善助の背を擦った。
善助の身体がふわりと前に傾く。
背後で、はらりと微かな音がしたように思った。
恐らく、柳の枝に残った、最後の葉が散ったのであろう。
おりきの頬を、ゆるゆると涙が伝った。

本書は時代小説文庫（ハルキ文庫）の書き下ろし作品です。

時代小説文庫
い6-16

願《ねがい》の糸《いと》 立場茶屋《たてばぢゃや》おりき

著者 今井絵美子《いまいえみこ》

2011年12月18日第一刷発行

発行者 角川春樹

発行所 株式会社 角川春樹事務所
〒102-0074 東京都千代田区九段南2-1-30 イタリア文化会館

電話 03(3263)5247[編集] 03(3263)5881[営業]

印刷・製本 中央精版印刷株式会社

フォーマット・デザイン&シンボルマーク 芦澤泰偉

ISBN978-4-7584-3618-2 C0193
http://www.kadokawaharuki.co.jp/[営業]
fanmail@kadokawaharuki.co.jp[編集] ご意見・ご感想をお寄せください。

時代小説文庫

今井絵美子
さくら舞う 立場茶屋おりき

書き下ろし

品川宿門前町にある立場茶屋おりきは、庶民的な茶屋と評判の料理を供する洒脱で乙粋な旅籠を兼ねている。二代目おりきは情に厚く鉄火肌の美人女将だ。理由ありの女性客が事件に巻き込まれる「さくら舞う」、武家を捨てて二代目女将になったおりきの過去が語られる「侘助」など、品川宿の四季の移ろいの中で一途に生きる男と女の切なく熱い想いを、気品あるリリシズムで描く時代小説の傑作、遂に登場。

今井絵美子
行合橋 立場茶屋おりき

書き下ろし

行合橋は男と女が出逢い、そして別れる場所——品川宿にある立場茶屋おりきの茶立女・おまきは、近頃度々やってきては誰かを探している様子の男が気になっていた。かつて自分を騙し捨てた男の顔が重なったのだ。一方、おりきが面倒をみている武家の記憶は戻らないまま。そんな中、事件が起きる……(「行合橋」)。亀蔵親分、芸者の幾千代らに助けられ、美人女将・おりきが様々な事件に立ち向かう、気品溢れる連作時代小説シリーズ、待望の第二弾、書き下ろしで登場。

時代小説文庫

今井絵美子
鷺の墓
書き下ろし

藩主の腹違いの弟・松之助警護の任についた保坂市之進は、周囲の見せる困惑と好奇の色に苛立っていた。保坂家にまつわる因縁めいた何かを感じた市之進だったが……（「鷺の墓」）。瀬戸内の一藩を舞台に繰り広げられる人間模様を描き上げる連作時代小説。「一編ずつ丹精を凝らした花のような作品は、香り高いリリシズムに溢れ、登場人物の日常の言動が、哲学的なリアリティとなって心の重要な要素のように読者の胸に嵌め込まれてくる」と森村誠一氏絶賛の書き下ろし時代小説、ここに誕生！

今井絵美子
雀のお宿
書き下ろし

山の侘び寺で穏やかな生活を送っている白雀尼にはかつて、真島隼人という慕い人がいた。が、隼人の二年余りの江戸遊学が二人の運命を狂わせる……。心に秘やかな思いを抱えて生きる女性の意地と優しさ、人生の深淵を描く表題作ほか、武家社会に生きる人間のやるせなさ、愛しさが静かに強く胸を打つ全五篇。前作『鷺の墓』で「時代小説の超新星の登場」であると森村誠一氏に絶賛された著者による傑作時代小説シリーズ、第二弾。

（解説・結城信孝）

今井絵美子
花あらし
書き下ろし

奥祐筆立花家で、病弱な義姉とその息子の世話を献身的にしている寿々は、義兄・倫仁への思慕を心に秘めていた。が、そんなある日、立花家に大事件が起こり、寿々は愛するものを守るために決意する……（「花あらし」）。心に修羅を抱えながら、人のために尽くす人生を自ら選ぶ女性を暖かい眼差しで描く表題作他、こころの琴線に静かに深く触れる全五篇。瀬戸内の武家社会に誇り高く生きる男と女の切なさ、愛しさを丹念に織り上げる、連作時代小説シリーズ、待望の第三弾。

今井絵美子
母子燕《おやこつばめ》 出入師夢之丞覚書
書き下ろし

半井夢之丞は、深川の裏店で、ひたすらお家再興を願う母親とふたり暮らしをしている。亡き父が賄を受けた咎で藩を追われたのだ。鴨下道場で師範代を務める夢之丞には〝出入師〟という裏稼業があった。喧嘩や争い事を仲裁し、報酬を得ているのだ。そんなある日、呉服商の内儀から、昔の恋文をとり戻して欲しいという依頼を受けるが……。男と女のすれ違う切ない恋情を描く「昔の男」他全五篇を収録した連作時代小説の傑作。待望の新シリーズ、第一弾。